学校の怖《こわ》すぎる話

教室が呪《のろ》われている！

加藤一……編・著
市川友章……絵

学校の怖すぎる話

教室が呪《のろ》われている!

加藤一……編・著
市川友章……絵

まえがき

学校の怖《こわ》すぎる話◆教室が呪《のろ》われている！

……あー、うぉっほん。

みなさん、おはようございます。校長です。

ちゃんとあいさつしていますかな？　朝起《お》きたら、お父さん、お母さん、兄弟姉妹に。

おじいさん、おばあさんに。先生に。同級生《どうきゅうせい》や上級生《じょうきゅうせい》や下級生《かきゅうせい》に。

目に見える人にだけあいさつすればよい、というものではありませんぞ。

目には見えない人にも、きちんとあいさつすることが大切です。

この学校の中には、幽霊《ゆうれい》のかたがたもいます。

同級生《どうきゅうせい》くらいの子どもの幽霊《ゆうれい》、先生たちくらいのおとなの幽霊《ゆうれい》。

みな、この学校の大切ななかまたちです。教室やろうかですれちがったときは、きちんとあいさつしないと——呪《のろ》われてしまうかもしれません。

ナニ？　幽霊《ゆうれい》は見えないからあいさつのタイミングがわからない、ですと？

いやいや、幽霊《ゆうれい》はいつでもいますぞ。ほら、今だってきみの後ろに——。

もくじ

学校の怖《こわ》すぎる話　教室が呪《のろ》われている！

どこにもいないんだってば

「おはよー！」

とあいさつしながら教室に入ったら、教室にいた同級生《どうきゅうせい》が悲鳴《ひめい》をあげた。

「ひゃあああ！」「きゃああああああ！」

おどろいている。それから恐《おそ》れおののいている。

ぼくのことを心の底《そこ》から怖《こわ》がっている。

「くるな！　こっちくるなよ！」「こないでぇえええ！」

男子はさけび、女子は泣《な》きじゃくりながらどなった。

ぼくがうごくと、みんなぼくからできるだけ遠ざかろうとしてうごく。

そのうち、つぎからつぎへとろうかに飛《と》び出していってしまった。

「オバケだ！」

「あいつ、血《ち》まみれだ！」

「怖《こわ》い、怖《こわ》いよ！」

ぼくはどこにもケガなんかしてないし、オバケじゃないし。

でもみんな、オバケを見たような顔をしてぼくから逃《に》げまどっている。

空っぽになった教室でひとり立ちつくしていると、先生が入ってきた。

「あなたたち何をやってるの!?」

先生はろうかに逃《に》げた同級生《どうきゅうせい》をかきわけて教室に入るなり、「うわあっ！」とさけび、ぼくのほうを指《ゆび》さしていった。

「あ、あああ、あなただれですか！　その血《ち》、どうしたんですか！　その子からはなれて！　その包丁《ほうちょう》はすてなさい！　やめて！　その子からはなれて！」

何？　どういうこと？　ぼくには見えないってば。

オバケなんて、そんなものどこにもいないよ。いないってば！

すいせん図書を買《か》うときは

ぼくは気になっていることがある。あのすいせん図書を買《か》うふくろだ。

すいせん図書のタイトルをいくつか印刷《いんさつ》した封筒《ふうとう》があって、そのうちのどれかを選《えら》んで封筒《ふうとう》にお金を入れて学校に持《も》っていく。

先生にわたすと、あとでその封筒《ふうとう》にすいせん図書が入れられてくる。

みんなまじめにお金を入れるだろう。

先生はそのまま本屋《ほんや》さんにわたすっていってたけど、その中にお金じゃないのが入ってたらどうするんだろう。

たとえば、何かの割引券《わりびきけん》とか。

トレーディングカードのいらないヤツとか。

かならずお金を入れるようにっていわれてるけど、家で入れてもらったお金の代《か》わりに、そのへんの葉《は》っぱでもちぎって入れておいたらどうなるんだろ。

ぼくはソテツの葉《は》っぱをお札《さつ》に見立てて四角く切って封筒《ふうとう》に入れた。

つぎの日、教室で封筒《ふうとう》に入れられたすいせん図書がくばられた。

しかられたらちゃんとあやまってお金をわたすつもりだったんだけど、ぼくの封筒《ふうとう》にも選《えら》んだ本が入っていた。

あんがいテキトーだな。お金が入ってるかどうか、ちゃんと調《しら》べてないんじゃないか？

ぼくは封筒《ふうとう》を開《あ》けて中の本を取《と》り出した。

ページをめくってみると、すべてのページはソテツの葉《は》っぱでできている。

ランドセルの中の教科書も、すべてソテツになっていた。

こっくりさんこっくりさん

「こっくりさんこっくりさん、おつかれさまでした。それではお帰りください」

放課後《ほうかご》の教室で、わたしは気がついた。

「ねえ……こっくりさんに帰ってもらうのって、どうするんだっけ」

「ええと、玄関《げんかん》……じゃなくて帰り道……じゃなくて鳥居《とりい》。鳥居《とりい》だよ」

「そうだった。鳥居《とりい》を書かなきゃいけないんだった。どうしよう！」

ミチとマユも気づいたらしい。五十音と、数字と、ハイとイイエと、十円玉と
……そのことばかり考えていて、一番大事《だいじ》なものを書きわすれていた。

このままじゃこっくりさんが帰ってくれない。と、十円玉がうごきはじめた。

『かえれないからだれかについていく』

『いけにえはだれがいい』

「えっ、やだよ！」ミチとマユは同時に十円玉から指《ゆび》をはなした。

「ヨリちゃんがやろうっていったんだから。知らない！」「わたしも帰る！」

えっ、そんな。まって。おいていかないで——。

（ごめんなさい、ゆるしてください、ごめんなさい、ゆるしてください）

わたしは観念《かんねん》して心の中で何度もあやまった。……でも何も起《お》こらない。

教室の窓《まど》から見おろすと、ランドセルをかかえたミチとマユが校門を飛《と》び出していくところだった。

ふたりの背中《せなか》からは、キツネのしっぽのようなものが九本生えていた。それにおされるようにふたりの体はふわっとうかびあがり、そのまま道路《どうろ》の真《ま》ん中《なか》をただよっている。

ふたりのすがたはすぐに見えなくなった

つぎの瞬間《しゅんかん》、〈ドンッ〉というにぶい音とふたりぶんの悲鳴《ひめい》が聞こえた。

エレベーターは使用禁止《しようきんし》

ぼくたちの学校は、校舎《こうしゃ》のはじにエレベーターがある。

といってもマンションやデパートにあるような大きなエレベーターではなくて、子どもがひとりねそべって入れるくらい。

むかしは、これで給食《きゅうしょく》のワゴンをはこんでいたそうだ。

エレベーターのドアを開《あ》けて、シチューやカレーの入った大なべをつんだワゴンをのせてはこび、下の階《かい》や上の階《かい》でうけ取《と》る。今は階段《かいだん》をつかってヨイショヨイショとはこんでるから、むかしのほうがずっと楽だったのだ。

でも、あるときからつかわれなくなった。

上級生《じょうきゅうせい》が卒業生《そつぎょうせい》に聞いたうわさによると、「子どもをはこんだから」だそうだ。

このエレベーターは、人が乗《の》ってはいけない決《き》まりだった。

でも、決《き》まりをやぶって、こっそりエレベーターに乗《の》った子がいた。給食《きゅうしょく》のワゴンといっしょに乗《の》りこんで、上の階《かい》で同級生《どうきゅうせい》をおどろかすつもりだった。同級生《どうきゅうせい》がエレベーターのドアを開《あ》けると、ホカホカのカレーだけがあって、エレベーターに乗《の》りこんだはずの子はどこにもいなかった。

エレベーターの中も、シャフトの中も、床下《ゆかした》や機械室《きかいしつ》も調《しら》べられた。でも、その子は見つからなかった。消《き》えてしまった。だからそれっきり使用禁止《しようきんし》。

そんな話を聞いたら、やっぱりたしかめてみたくなる。

ぼくがこっそりエレベーターのスイッチを入れたら、なぜかドアが開《ひら》いて、

『出してえええええええええええ……』

と声が聞こえた。

ぼくはあわててドアを閉《し》めた。

夜中の給食《きゅうしょく》

四年生のケンタはわすれものを取《と》りに、夜中に学校へ行った。

「四年四組のクラスはのぞかないように。この時間はきけんだから」

職員室《しょくいんしつ》には見たことのない先生がいて、こう注意《ちゅうい》された。

「四年生のクラスは三組までで、四組はないのに」

変《へん》だなと思った。

ろうかを歩いていると、おいしそうな食べもののにおいがしてきた。

思わずにおいがする教室をのぞくと、見たことのない料理《りょうり》が配《はい》ぜん台の上にならんでいた。

近くに白衣《はくい》を着《き》た大勢《おおぜい》のおとなが立っていて「どうぞ」といった。

なんだか気味《きみ》が悪《わる》い料理《りょうり》なのに、食べたくてたまらない。

ケンタは、ひと口だけ料理《りょうり》を食べた。すると足がうごかなくなった。
『この料理《りょうり》を食べた子は、死神《しにがみ》になるのです。もう帰せません。帰れません』
目の前にいたおとなたちが、長い舌《した》をいじわるそうにベローンと出していった。
料理《りょうり》の前には小さく「死神《しにがみ》の給食《きゅうしょく》」と書かれた札《ふだ》が立てられている。
ケンタの足もとに黒い穴《あな》が空くと、そのまま地獄《じごく》まで落《お》ちていった。

この学校では夜中になると、ないはずの四年四組、「死神《しにがみ》の教室」があらわれる。
死神《しにがみ》の教室で給食《きゅうしょく》を食べた子は、地獄《じごく》に落《お》ちて死神《しにがみ》にされる。
ケンタがいなくなってから、そんなうわさが流《なが》れた。

小さな声

教室が静《しず》かになると、背中《せなか》のほうから声が聞こえてくる。

ぼくは一番後ろの席《せき》にすわっている。そのもっと後ろ。教室の一番後ろでだれかが何かいっている。

最初《さいしょ》は気のせいだと思っていた。でも毎回だと気になるじゃないか。となりの席《せき》のヒロトに聞いてみても、何も聞こえないといわれてしまった。

ぼくだけに聞こえているのだろうか。そう思うと興味《きょうみ》がわいてきた。きっとひとりで教室にのこっていたらわかるはずだ。

放課後《ほうかご》になった。

友だちは校庭《こうてい》であそんでいたけど、ぼくはこっそり教室にもどった。電気も消《き》えて薄暗《うすぐら》い教室。自分の席《せき》にすわって耳をすます。

だいじょうぶ。何も聞こえてくるはずがない。
そう思っていたけれど、やっぱり何かいっている。そうじ道具《どうぐ》入れだ。ぼくは
こっそりと近づいていった。
『……出して。ここから出して』
子どもの声だ。だれがイタズラしているのだろう。
だれかがぼくをおどろかすつもりだな?
ぼくはロッカーの取《と》っ手《て》をつかんで、思い切りドアを開《あ》けた。
男の子がうずくまっていた。見たことのない子だった。その子はぼくを見あげ
ていった。
『つぎはキミの番だね』
今、ぼくは真《ま》っ暗《くら》でせまいところにいる。
ずっと「たすけて」とさけびつづけている。

一番高いのだあれ

放課後《ほうかご》、ナツメは友だちと教室であそんでいた。

「ジャンプしてあの壁《かべ》の一番高いところにだれがタッチできるか、きそおうぜ」

勝《か》った人のいうことをひとつだけ聞くことにした。

一番高くにタッチできたのはナツメだった。

「さて、何をしてもらおうかな～」

ナツメがニヤニヤしながら考えていると、壁《かべ》の一番上の天井《てんじょう》に近いところで、〈ポンッ〉と大きな音がした。

それと同時に真《ま》っ赤《か》で大きな手形が、そこについた。

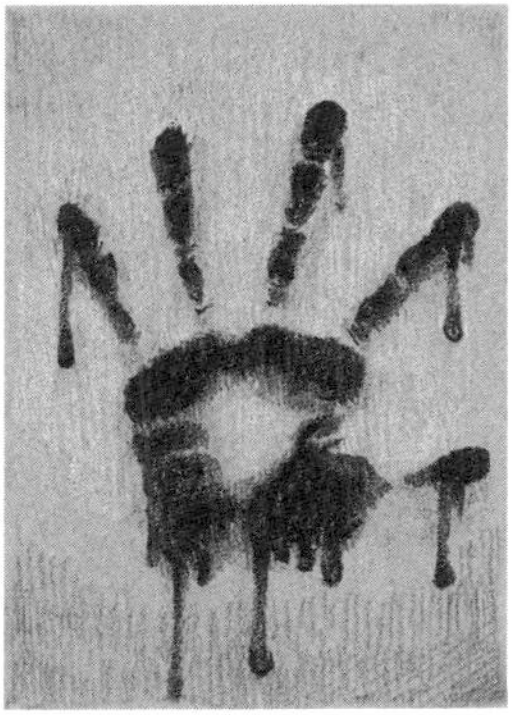

『おれさまの勝《か》ちだぁ。おまえらの一番大切なものをよこせば、見逃《みのが》してやる』
おとなの男の声がした。
(大切なもの？　お父さん？　お母さん？……それとも命《いのち》……)
『早くこたえろ』
みんなが迷《まよ》っているとナツメが一番にこたえた。
「友だち!!　ぼくの宝《たから》ものは友だちだ！」
『じゃあそれは、おれさまがもらっていくぞ！』
という声が聞こえたけど、何も起《お》きなかった。

そのつぎの日から、ナツメには友だちがひとりもいなくなった。
友だちをさし出したナツメは、きょうからひとりぼっちだ。

虹《にじ》を見た

図工の時間。
キヨシくんのクラスは、みんなで空の絵をかいた。
青空の絵がならぶ中で、一まいだけ真《ま》っ黒《くろ》な色の絵がある。
「おかしいな。これをかいたのは、だれですか？」
クラスの人数より、絵のほうが一まい多い。
黒い絵はだれがかいたのかわからないと先生は首をかしげた。

つぎの日、教室から見える空に黒い虹《にじ》が出た。
みんながおどろいて見ていると、その虹《にじ》の上を黒い人影《ひとかげ》がたくさん歩いている。
先生は「あれは死《し》んだ人たちが歩いているのよ」と教えてくれた。

黒い虹《にじ》が出たつぎの日。
例《れい》の黒い色の絵は、教室からなくなっていた。
それから一週間、ずっと雨がふりつづいた。
雨がやむと、今度《こんど》は真《ま》っ赤《か》な絵がはられていた。
真《ま》っ赤《か》な絵もだれがかいたのかはわからなかった。
夕焼《ゆうや》けみたいな赤あかとした空が、とてもキレイだと思った。

三日後。
学校から近い家が火事《かじ》になった。
炎《ほのお》はゴウゴウと燃《も》えあがり、まるで夕焼《ゆうや》けみたいに空をこがした。
空は真《ま》っ赤《か》にそまった。

足あと

バキンと音がして、天井《てんじょう》の板《いた》がふってきた。教室は大さわぎになった。

「だいじょうぶか!」

先生が大きな声を出した。幸《さいわ》いなことにケガをした人はいなかった。板が落《お》ちたすぐ横《よこ》にすわっていたヒナは固《かた》まったようになっていたけど、すぐに立ちあがって、びっくりしたびっくりしたと、何度《なんど》もくりかえした。

「あっ」

何人かの生徒《せいと》が同時に立ちあがった。

「あれ何!」

落《お》ちた板《いた》の上に、真《ま》っ赤《か》で大きな足あとがうきあがっていた。三十センチのものさしよりも大きい。先生のクツのサイズよりもぜんぜん大きい。

「先生！　足あと！」

先生が黒板《こくばん》の前から見にきたときには、もう足あとは消《き》えてしまった。

翌日《よくじつ》、となりのクラスでも天井《てんじょう》の板がふってきた。今度《こんど》は男の子に破片《はへん》が当たって病院《びょういん》にはこばれた。

「となりのクラスでも足が出たんだって」

ヒナが授業《じゅぎょう》中に、そんなうわさ話をしていると、まだ修理《しゅうり》されていない天井《てんじょう》の穴《あな》から、すごく大きな足がのびてきた。

『ふみそこねてた』

天井《てんじょう》から野太い声がして、ヒナの背中《せなか》がけとばされた。

ころんだヒナの背中《せなか》に真《ま》っ赤《か》な足あとがついていた。

いわれた通りにしないから

「授業《じゅぎょう》がはじまる前に机《つくえ》の中から教科書を出しておくこと」
新学期《しんがっき》に「絶対《ぜったい》まもること！」と先生にいわれた。
最初《さいしょ》の一週間はちゃんと決《き》まりをまもってたんだ。
でもきょうは、昼休みにあそびすぎちゃって、教室にもどってくるのがおそくなった。
国語、はじまっちゃう。
先生が教室に入ってくる前に、机《つくえ》にはすわれた。セーフ。
でも、まだ机《つくえ》の上には何も出していない。
あわてて机《つくえ》の中に手を入れて、教科書をさがす。
――ぎゅ。

「わっ」

思わず手を引っこめた。

びっくりした！　今、机《つくえ》の中でだれかがぼくの手をにぎってきた！

なんだか、あたたかくてしめっていた。

前の席《せき》の子の陰《かげ》にかくれて、机《つくえ》の中をそっとのぞきこむ。

教科書以外《いがい》、何も入ってない。

「授業《じゅぎょう》はじめるぞ。えーと、出席番号《しゅっせきばんごう》一番、三十ページから読め」

「は、はい」

先生によばれて、ぼくは立ちあがって教科書を開《ひら》いた。

開《ひら》いたページのあいだから、泥《どろ》だらけの指《ゆび》がつき出していた。

「う、うわっ」

ぼくはおどろいて、思わず教科書を落《お》としてしまった。

最後《さいご》におすのはだれ

放課後《ほうかご》。

〈最後《さいご》に教室から出る人は、きちんと明かりを消《け》すように〉

ぼくらの教室の明かりのスイッチの横《よこ》には、そうはり紙がしてある。

暗《くら》くなった教室にひとりでいると、そのスイッチが青く光ることがある。

「スイッチが青くなってから明かりを消《け》したら、幽霊《ゆうれい》が見えたんだって」


ある日、タイチは「幽霊《ゆうれい》を見てみたい」といって、最後《さいご》に教室から出た。

つぎの日、タイチがいなくなった。

「幽霊《ゆうれい》につれていかれたのでは？」と、みんなでうわさした。

みんな怖《こわ》くなり、放課後《ほうかご》になるとあわてて帰るようになった。

だれも最後《さいご》に明かりを消《け》さないから、教室は夜になっても明るいまま。

困《こま》った先生が明かりを消《け》したらしいんだけど、その先生もいなくなった。

しかたなく用務員《ようむいん》のおじさんが明かりを消《け》すようにいわれたけど、そのおじさんもすがたを消《け》した。

そのあと、その教室の明かりのスイッチにはガムテープがはられ、明かりは消《け》されなくなった。

夜、学校の近くを通ると、ぼくらの教室の明かりはつきっぱなしになっている。

最近《さいきん》は、明かりのついた教室がふえて、学校はひと晩《ばん》中、明るいままだ。

そこに、タイチと先生がいるとかいないとか。

おこりんぼう

あたしたちの担任《たんにん》の先生はいつだってプリプリしている。だから生徒《せいと》に人気がない。

「先生、なんであんなに怒《おこ》りっぽいんだろうね」

「しょうがないよ。頭の上におこりんぼうがいるんだもん」

サヤカがあきらめたような声でいった。

「え、おこりんぼうって何？」

聞きかえすと、サヤカはくちびるに指《ゆび》を当てて教えてくれた。

「だれにもいわないでね。先生の頭の上に、ふつうの人には見えないお坊《ぼう》さんがいるの。そのお坊《ぼう》さんが耳の穴《あな》に細いストローみたいなものを差《さ》しこんで吸《す》いはじめると、先生は怒《おこ》りだすんだよ」

信《しん》じられなかったけど、翌日《よくじつ》から、あたしにもそれが見えるようになった。

たしかにお坊《ぼう》さんが耳からストローを差《さ》しこんで、ちゅうちゅう吸《す》うと、先生は怒《おこ》りはじめるのだ。


何日かすぎ、いつものように怒《おこ》っていた先生の声が、急《きゅう》に小さくなって、いすにすわりこんでしまった。あたしとサヤカにはわかっていた。お坊《ぼう》さんが先生の耳からストローを外したのだ。

お坊《ぼう》さんは窓《まど》の外にふわふわと出ていった。

その日から先生は怒《おこ》らなくなった。どんなに教室がうるさくても注意《ちゅうい》することもない。

何も見ていないような目で、ぼそぼそと教科書を読むだけ。

みんなの人気はないけど、前のほうがよかったな。

あいつ、すげーヤツだよな

「……あいつ何？」「すげー！」「マジで？」

教室でだれかがささやいている。このところ、いつもだれかがヒソヒソしゃべっている。きっと、ぼくの悪口《わるぐち》いってるんだろうな。ちくしょう、だれだよ。

でも、ふりむいてもだれもこっちを見ていない。ささやき声だけ聞こえる。

ぼくはかまわずに席《せき》を立つ。こんな陰口《かげぐち》になんか負《ま》けないぞ。

教室を出てろうかを歩くあいだも、階段《かいだん》をおりるあいだも、校門から出るときも、ずっと声が聞こえている。

「……マジかよ！」「あいつすげーな！」「なんで平気《へいき》でいられるんだ」

通学路《つうがくろ》をぼくはひとりで歩く。

ときどき早歩きをしてみたり、電柱《でんちゅう》の陰《かげ》にかくれてふりかえってみたりする。

でも、通学路《つうがくろ》にはぼくひとりしかいない。
いないのに声はする。
オバケかな。怖《こわ》い。怖《こわ》いけど、なんだかバカにされてるみたいで腹《はら》が立つ。
『あいつ気づいてないぜ』『たいしたヤツだよ』『いや、たいしたことないだろ』
こういうのは、泣《な》いたら負《ま》けなんだ。ぼくは絶対《ぜったい》に泣《な》かないんだ。
グッと涙《なみだ》をこらえて、家までたどりついた。玄関《げんかん》を入ればぼくの勝《か》ちだ！
「ただいま！」
二階《かい》の自分の部屋《へや》に入ってランドセルをおろしたら、声が聞こえた。
『あいつ、泣《な》かなかったぜ』『スゲーな』『うん、スゲーよ』
部屋《へや》の中にまでついてくるなんて！　ぼくは声のするほうをにらみつけた。
天井《てんじょう》のすみっこからぶらさがった三つの生首が、ぼくを見ていた。

教室では先生のいうことをよく聞いて、
やたらにさわらないようにしましょう。
わざわざ手のとどかないところをたたいて
何が出てくるか知りませんよ～。
でも、どこかで声が聞こえたら、とりあえず
さがしてみましょう。友だちがたすけを
よんでいるかも。ワナかもしれませんけど。

チョウチョの大好物《だいこうぶつ》

「ねえ、ノコちゃんの髪《かみ》に、チョウチョ」

女子たちがさわいでいる。ノコが、はずかしそうに髪《かみ》に手をやった。

「あのね、ヒミツの香水《こうすい》をつかったの」

え、香水《こうすい》？　かっこいい！　ノコをかこむ女子たちは目をかがやかせる。

「先生にはないしょよ。これ……」

ノコが取《と》り出したのは、ガラスの小びん。

中にはトロッとした液体《えきたい》が入っている。

「わかった、これ、はちみつだろ」

イタズラ好《ず》きなマサトが、ガラスの小びんを取《と》りあげる。

「ダメ、やめて」

ノコが止めるのも聞かず、マサトは小びんの中身《なかみ》をぐいっと飲《の》みほした。

「ごちそうさま。うまかった」

「マサトくん、口を開《あ》けちゃダメ」

ノコが泣《な》きそうな声でいった。

「へ？　何いってんの？　……うわっ、なんだこれ」

どこからともなく、たくさんのチョウチョが飛《と》んできた。アゲハ、キアゲハ、モンシロ、モンキ、アカタテハ――どんどん、どんどん飛《と》んでくる。

思わずさけんだマサトの口の中をめがけて、チョウチョの群《む》れが飛《と》びこんで、どんどん、どんどん、入っていく。

マサトは、おどるようにもがく。それでもチョウチョはひるまない。

マサトの首から上は無数《むすう》のチョウチョにおおわれて――やがてバタリとたおれた。

ナメクジ

雨の日。

ユキトは、とても大きなナメクジを見つけた。

ふつうのナメクジは、小指《こゆび》くらいの大きさで、塩《しお》をかけたらもっと小さくなる。

でもこのナメクジは、子ネコくらいの大きさがある。いくらなんでも大きすぎて気味《きみ》が悪《わる》い。

手に持《も》っていたカサの先でナメクジを何度《なんど》もさしていると、ヤツは女の人の悲《ひ》鳴《めい》のような声をあげた。

あとで塩《しお》をかけてやろうと思ったけど、いつの間にかナメクジはいなくなった。


それから雨がふると、帰りにだれかが後ろをついてくるようになった。

びちゃり……ウネウネ……びちゃり……。

何か聞こえるけど、足音とは少しちがう。

ふりかえると、ものかげに真《ま》っ黒《くろ》で長い髪《かみ》の毛だけが見えた。

その髪《かみ》の毛のあいだから、真《ま》っ白《しろ》な顔が見える。目も鼻《はな》も口もなかった。

ユキトはそのまま家まで走って、自分の部屋《へや》に逃《に》げこんだ。

おそるおそるドアを開《あ》けて家のろうかを見ると、ぬれた何かがはったようなあとがある。

『ユキトぉぉぉ……ゆるさない』

天井《てんじょう》のほうからあの声が聞こえたかと思うと、そこにはドロドロな液体《えきたい》をたっぷり体につけた女がはりついていた。

おさいせん箱《ばこ》をまもるモノ

いつもの四人で、たまり場にしてる神社《じんじゃ》に集合《しゅうごう》。

きょうもお社《やしろ》の階段《かいだん》にすわって、ダラダラとおしゃべりをする。

「あー、ジュース飲《の》みてぇ」「買ってくれば？」「こづかい、ねえぇ！」

するとツンくんがニヤニヤしながら「おこづかい、ちょっとわけてもらおうか」って、おさいせん箱《ばこ》をさした。

その瞬間《しゅんかん》。シャーーーーッというするどい音とともに、おさいせん箱《ばこ》から、白くて長いものが飛《と》び出してきた。

そいつはいきおいよくツンくんにからみつく。

うそみたいに大きな白ヘビだった。

ツンくんのおでこにねらいをさだめて、グワッと鎌首《かまくび》をもたげる。

「えええええええ!?」

何がなんだかわからないツンくんは、白ヘビをふりはらおうとした。

だけどヘビは、ツンくんの首にまきつき、ガブリとツンくんのおでこにかみついた――。

ちがう!

あれは……ツンくんを飲《の》みこもうと……。

「た、たすけなきゃ」「そんな、無理《むり》だよ」「だれか……おとなをよんでこよう」

ぼくたちは神社《じんじゃ》から走り出た。

逃《に》げるんじゃない。逃《に》げるんじゃないぞ。すぐにたすけを!

ゴキ、バキッ、グシャッ。

骨《ほね》が折《お》れていくような音が、ひときわ大きく背後《はいご》からひびいた。

ツンくんの悲鳴《ひめい》は聞こえなくなった。

ハト時計の修理《しゅうり》に必要《ひつよう》

うちの小学校の時計台はむかしからずっとハト時計になっている。時報《じほう》の時間になると時計台のとびらが開《ひら》いて、模型《もけい》のハトが〈ぽっぽー、ぽっぽー〉と飛《と》び出すしくみだ。

でも今朝《けさ》の朝礼《ちょうれい》では、とびらが開《ひら》いてもハトが出てこなかった。

「こわれてしまったのかな」

と思っていたら、担任《たんにん》のミヤタ先生が修理《しゅうり》に行くという。

屋上《おくじょう》のそのまた上にある時計台の機械室《きかいしつ》は、ふだんはカギがかかっているので、こんなときでなければ入れない。

「かんたんな故障《こしょう》だったら先生でも直せるんだが……」

ぼくはハト時計のしくみに興味《きょうみ》があったので、先生に修理《しゅうり》を見せてもらった。

機械室《きかいしつ》の中に入ってみると、あたりはふわふわの毛がたくさん散《ち》らばっており、鳥のフンのにおいがした。細い枝《えだ》をあつめてあんだハトの巣《す》には、われてヒナが飛《と》び立ったあとの卵《たまご》のカラがいくつか。時刻《じこく》を知らせるための模型《もけい》のハトは、装《そう》置《ち》から外れてなくなっている。

「ああ……なるほど。ハト時計のハトはさみしかったんだろう。つがいのメスを見つけて、子バトといっしょに巣立《すだ》ってしまったんだな。となると、だ。ハト時計の修理《しゅうり》には、ハトの代《か》わりが必要《ひつよう》だよな」

ぼくは「そうですよね」とうなずいた。

学校の時計台はつぎの日には直った。

ただし、ハト時計ではなくなった。

時計台のとびらを開《あ》けて、ハトの代《か》わりにときを告《つ》げるのはぼく。いつか代《か》わりのだれかがくるまで、ここで時報《じほう》を知らせつづけないとならないらしい。

どっちが怖《こわ》い？

「幽霊《ゆうれい》！　ゆうれいユウレイ！」

「虫！　むしムシ！」

わたしとサッコは、変《へん》なことでケンカになった。

「虫なんか何よ。怖《こわ》いのは、絶対《ぜったい》に幽霊《ゆうれい》だって」

「幽霊《ゆうれい》なんか作り話だよ。虫は現実《げんじつ》にいるし！」

フンッとサッコは教室を出ていく。

えー、いっしょに帰る約束《やくそく》は？

帰ってごはんを食べても、わたしの気持《きも》ちはおさまらない。

ゆっくりおふろに入って、気分てんかんしようっと。

服《ふく》をぬいで、湯《ゆ》ぶねのフタを開《あ》ける。

「ぎいやあああああああああ!!」

――わたしの口から大声が出た。

湯《ゆ》ぶねの中にはお湯《ゆ》じゃなくて、ウゴウゴとうごめく、たくさんの茶色い虫たちが！　フチまでぎっしり、みっちり、びっしりと、ああ！

わたしの声にびっくりしたお母さんがきてくれたけど、そのときには虫はすっかり消《き》えていて、湯《ゆ》ぶねにはちゃんとお湯《ゆ》が入っていた。でも――。

虫……怖《こわ》い。幽霊《ゆうれい》なんか目じゃない!!

サッコにあやまろう。

そう思ったとき、電話が鳴った。サッコからだった。

「ねえ、ミノリ！　さっきはごめん。やっぱ虫なんかより幽霊《ゆうれい》のほうが怖《こわ》いよ。あのさ、あたしの部屋《へや》、血《ち》まみれの幽霊《ゆうれい》がぎゅうぎゅうなんだけど、信《しん》じてくれる!?」

ろうかを走ったらいけないぞ

「つぎの授業《じゅぎょう》は体育《たいいく》だから、体育着《たいいくぎ》に着替《きが》えたら校庭《こうてい》に出なさい」

先生にいわれて、ぼくは真《ま》っ先《さき》に着替《きが》え終《お》えてろうかに一歩ふみだした。

その瞬間《しゅんかん》、ぼく以外《いがい》の人が急《きゅう》にきびきびうごきはじめた。

足が速《はや》いなんてもんじゃない。まるで映像《えいぞう》を倍速再生《ばいそくさいせい》しているみたい。

みんなろうかをすごいいきおいで走っていく。

「おい、ろうかを走ったらいけないんだぞ！　怒《おこ》られるぞ！」

みんなぼくの声に耳を貸《か》さず、キンキンと高い――高すぎて聞き取《と》れないような声でキュルキュルさわぎながら、校庭《こうてい》に飛《と》び出していってしまった。

ろうかを歩いてクツ入れにたどりついたぼくが上ばきをぬいでいると、さっき飛《と》び出していった同級生《どうきゅうせい》たちがすごいいきおいでかけよってきた。

また口ぐちにキュルキュルとかん高い声でさわぎながら、教室にむかって走っていく。

「おい、まてよ！　体育《たいいく》の授業《じゅぎょう》は？」

雨でもふって中止になったんだろうか？　ぼくはぬいだ上ばきにふたたびはきかえ、ろうかを歩いて教室にもどった。ろうかから教室に一歩足をふみ入れると、とっくに着替《きが》え終《お》わったみんながキョトンとしている。マサシが目を丸くしていった。

「おまえ、さっきから何やってるんだよ」

マサシがいうには、教室を出た瞬間《しゅんかん》から、ぼくひとりだけが「うごいているのかいないのかほとんどわからないくらい、まるでカタツムリにとりつかれたみたいにゆっくりとしたスローモーションになっていた」そうだ。

カタツムリにとりつかれるなんて、聞いたことない。

カナヘビハンターの華麗《かれい》な足取《あしど》り

校長先生がすっかり畑にしちゃってる花だんの横《よこ》で、カナヘビを見つけた。草むらにかくれていたそいつは、ぼくにまだ気づかない。

できればカナヘビまるごとつかまえたいけど、しっぽだけでもいい。つかまえそこねたカナヘビはしっぽを切って逃《に》げる。でも、しばらくのあいだは切れたしっぽだけがぴくぴくうごいてあばれまわる。男子にはちょっとした宝《たから》ものだ。

「やっ！」

近づいて手をのばしたら、そいつはサササッと数十センチ逃《に》げた。にらみつけていたら、横合《よこあ》いからネコがカナヘビに飛《と》びかかった。学校に迷《まよ》いこんだノラネコがカナヘビをねらっていたらしい。

でも、ネコもうまくつかまえられないようで、カナヘビはチョロチョロと逃《に》げまわり、校舎《こうしゃ》の壁《かべ》に取《と》りついた。それを追《お》うネコも壁《かべ》に取《と》りついた。

校舎《こうしゃ》の壁《かべ》をはいまわるカナヘビを追《お》いかけて、ネコも壁《かべ》の上を走る。

ネコは垂直《すいちょく》にのびて足場も何もない壁《かべ》をかけまわっていたが、四階《かい》の壁《かべ》あたりでカナヘビに追《お》いつき、「たしっ！」と前足をつき出してつかまえた。

カナヘビはしっぽを切られたようで、しっぽのない本体がぼくの目の前に落《お》ちてきた。

「あのネコすげーな。足場もない壁《かべ》に垂直《すいちょく》に立ってて、なんで落《お》ちないんだろ」

だれかが指《ゆび》さしてさけんだとたん、急《きゅう》にそのことを思い出したのか、ネコはそれまで当たり前のように走りまわっていた壁《かべ》からポロッと落《お》ちた。

地面《じめん》に激突《げきとつ》する瞬間《しゅんかん》にネコはふわっと消《き》えてしまい、あとにのこったカナヘビのしっぽだけがぴちぴちあばれまわっていた。

赤いビーズ

タケオが教室のそうじをしていた。そこに小さくてキラキラしたものがいくつも落《お》ちている。
それは赤いビーズだった。
クラスの女子がほしいというのであげた。

つぎの日、その子は学校を休んだ。

そして学校にこなくなった。

あの子と仲《なか》のよかった女子が、ヒソヒソ話していた。

「夜中になると耳から赤いクモがたくさん出てくるようになったんだって。病院《びょういん》で検査《けんさ》をしているのよ」

赤いクモ。赤いビーズ。

（まさか、あのビーズのせいじゃないよな）


しばらくして、タケオは教室で黒いビーズをたくさんひろった。

クラスの女子がほしがったけど、前のことが気になった。

「悪《わる》いけど、これはあげられないよ」

タケオは、ビーズを家に持《も》ち帰った。

タケオが黒いビーズを手のひらの上にのせると、ビーズはドロッと溶《と》けて液体《えきたい》になり、そのまま手のひらに吸《す》いこまれていった。


それからときどき、体のどこかに小さな黒いほくろができるようになった。

ほくろは小さな脚《あし》を生やして、クモのようにうごいた。

悪《わる》い子には悪《わる》い虫がつく

タケヒコのお母さんは、彼《かれ》がテストで悪《わる》い点を取《と》ったのをかくしても、友だちに意地悪《いじわる》したこともぜんぶ、話さなくてもわかる。

悪《わる》いことをだまっていると、お母さんはいつもタケヒコの首の付《つ》け根《ね》のあたりをさわった。


ある日、お姉ちゃんにそのことを聞いてみた。

「悪《わる》いことをすると、首のところに虫が卵《たまご》を産《う》むのよ」

小さな細長い黒い虫で、脚《あし》が百本ついている。そいつは悪《わる》いことをしてかくしている子の首の付《つ》け根《ね》に卵《たまご》を産《う》む。

「産《う》みつけられた卵《たまご》は、すぐに取《と》らないと大変《たいへん》なことになるんだって」

それから一週間くらいたったころ。
タケヒコは友だちの消《け》しゴムをわざとかくした。
お母さんはなぜかだまっていた。
夜。タケヒコが首の後ろをかいていると、プチッと何かがつぶれるような音がした。
細長いものが首の中を通って、モゾモゾと頭に入っていく。
お母さんとお姉ちゃんは、タケヒコの様子《ようす》を見てささやきあった。
「もうあんな悪《わる》い子はいらない。虫に食われてしまえ」

ぼくのピンチをだれも知らない

ぼくは今、すごくピンチだ。トイレに行きたいとか、わすれものをしたとか、そんなことじゃない。ぼくのランドセルがピンチだ。

家を出る前にきょうつかう教科書が入っているか、ばっちり確認《かくにん》した。ランドセルの中は教科書とノートと筆箱《ふでばこ》でギッチギチ。それ以外《いがい》のものは何もない。なのに、さっきからずっとランドセルの中からガサゴソ音が聞こえている。

それに重《おも》い。しかもあたたかい。

ときどきうなり声も聞こえる。フッ、フッ、フッという息《いき》づかいも聞こえる。

これはもう、まちがいなく何か生きものがいる。ぼくの背中《せなか》のランドセルに。

開《あ》けてたしかめてみる、というのも考えた。

でも、ランドセルをおろそうとすると『ウウウウッ！』とうなり声が大きくなる。『おろすな』と、おどしているのだ。

通学路《つうがくろ》でタッちゃんに出会ったので、「ランドセルが……」とたすけてもらおうとしたら、ランドセルの内側《うちがわ》で何かがあばれて、ぼくの背中《せなか》をたたいた。

これは、『いうな』と、おどしているのだ。

きっと、ツメを立てているのだ。キバをむいているのだ。いつでもランドセルから飛《と》び出してぼくののどぶえを食いちぎってやるぞ、といっているのだ。

ぼくは怖《こわ》くておしっこをもらしそうだった。

学校にたどりついて、校門をくぐったら急《きゅう》にランドセルが軽《かる》くなった。

開《あ》けてみるとランドセルの中はひどいことになっていた。

教科書もノートもぜんぶが食いちぎられたようにあらされていて、ランドセルの中にはたくさんの傷《きず》があり、ケモノの毛が詰《つ》まっていた。

生きものなんてどこにもいなかった。

泳《およ》ぎはとくいだけどプールはきらい

ぼくはプールの授業《じゅぎょう》があんまり好《す》きじゃない。

泳《およ》げないわけじゃないんだよ？

どちらかといえば泳《およ》ぐのとくいだよ？　本当だよ？

潜水《せんすい》だってできるし、水中で目を開《あ》けられるし、二十五メートルなら足をつかずに泳《およ》げるし、ビート板《ばん》をつかわずにクロールも平泳《ひらおよ》ぎもできる。

タイムだって、クラスの中じゃ速《はや》いほうだし。

でも、どうしても水泳《すいえい》は好《す》きになれない。

……っていうか、うちの学校のプールが好《す》きになれない。

とくにタイムをはかるのが苦手《にがて》。

「よーい……ピッ！」

第《だい》一コースから第《だい》六コースまでならんで、先生のかけ声で泳《およ》ぎはじめるんだけど、ぼくは運悪《うんわる》く第《だい》四コースになってしまった。

クロールでバシャバシャ泳《およ》いでいると、となりの第《だい》五コースにイルカが泳《およ》いでいるのが見えた。反対側《はんたいがわ》の第《だい》三コースにはサメ。

息《いき》つぎのたびにとなりをチラッて見るんだけど、水面《すいめん》では同級生《どうきゅうせい》がアップアップ泳《およ》いでいるだけ。

イルカとサメは水の中でしか見えない。

それを見るのがイヤで、ぼくは急《いそ》いで泳《およ》ぐ。

だからタイムはいい。

水泳《すいえい》はきらいじゃないし、どっちかといえばとくいだ。

でもやっぱり、プールの授業《じゅぎょう》は好《す》きになれない。だから、水泳《すいえい》クラブに入れっていわれたらことわろうと思う。

おうまがときになりました

「――おうまがときになりました。下校の時間です」

校内に下校の音楽が流《なが》れはじめた。

「――校内にのこっている児童《じどう》は、早く下校してください」

ぼくたちはのろのろと帰るしたくをはじめた。

ランドセルを背負《せお》って校門にむかって歩きはじめたところで、カツヤが「あっ」と声をあげた。

「おれ、教室に体育着《たいいくぎ》わすれてきた！」

「どうする？　おうまがときだから、もう校舎《こうしゃ》に入っちゃダメなんだろ？」

むかしからそういう決《き》まりで、昼と夜の境目《さかいめ》ごろには子どもは校舎《こうしゃ》にいてはいけないことになっている。「逢魔ケ時《おうまがとき》」だからとくにいけないんだ、と。

「でも、体育着持《たいいくぎも》って帰らないと、母ちゃんにしかられるし……」

ぼくとカツヤはカギがかけられる前の校舎《こうしゃ》にこっそりしのびこんだ。

西日の差《さ》す校舎《こうしゃ》のろうかは、なんだかいつもより細長く感《かん》じられる。

そのとき、何かがぼくのおしりをパッカーンとけった。

「いってぇー！」

〈ヒヒーン！　パカラッパカラッパカラッパカラッパカラッ〉

いなき声とヒヅメの音がする。馬だ。

馬のすがたは見えず、ろうかをかけぬけるヒヅメの音がぼくの頭の上を飛《と》びこしていく。

そうか。逢魔ケ時《おうまがとき》じゃなくて、「お馬《うま》が時《とき》」だったのか。

その晩《ばん》おふろに入ったら、ぼくのおしりにはU字型《ユーじがた》のヒヅメのあとがついていた。

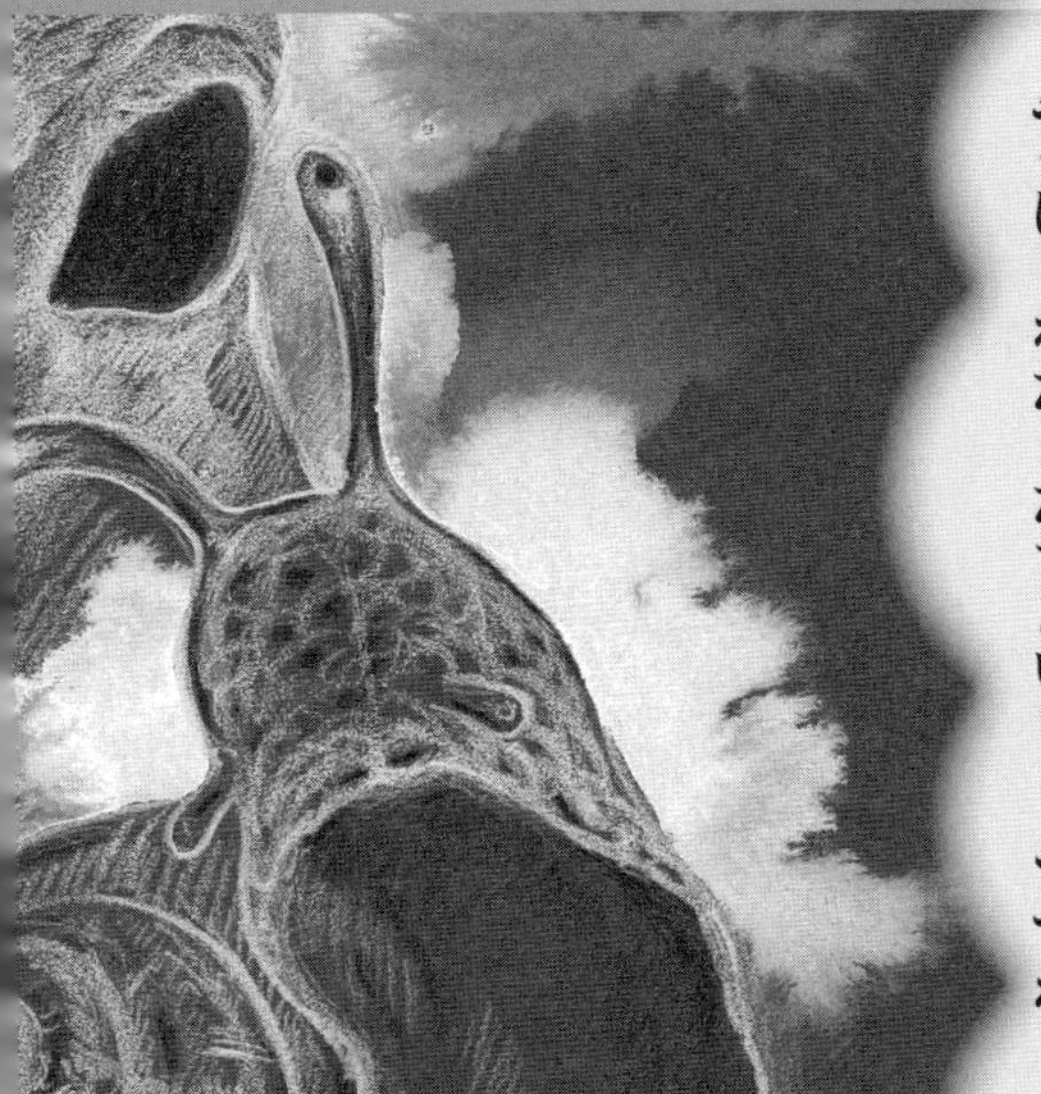

虫や動物《どうぶつ》もわたしたちと同じように生きて
います。いじめたり、無視《むし》したりすれば、
怒《おこ》ったり、うらみに思ったりします。
見かけたら、あいさつするのがおすすめです。
元気な返事《へんじ》がかえってくるかも。
ただ、何もしなくても悪《わる》いやつはいます。
やっぱりわたしたちといっしょですね。

ぴゅーっ！

さっきから、じいちゃんがテレビを見ている。ずっとずっと見ている。

「じいちゃん。何してるの」

「ばあちゃんがこっちにこいっていってってな。どうやって入ろうかと考えとる」

何いってんだろ。ばあちゃんって、先月死《し》んだばあちゃんかな。

どれどれ……ほ、ほんとだっ！　テレビの中にばあちゃんがいるっ！

「よし、手を当ててみるか」じいちゃんはテレビ画面《がめん》に手を当てた。

そのとたん、ぴゅーって音がして、じいちゃんはテレビに吸《す》いこまれていった。

おどろいたぼくは、父さんと母さんをよんだ。

「は？　じいちゃんがテレビに？　おまえ、熱《ねつ》でもあるんじゃないのか」

「そうよ、いつもテレビゲームばかりしてるから、そんな変《へん》な夢《ゆめ》見るのよ」

「うそじゃないってば！　見てよ、テレビの中にじいちゃんもばあちゃんもいるだろ」

父さんと母さんはテレビを見て、ぽかんと口を開《あ》けた。

「ほんとだ。なんだこれ……とりあえずたすけなきゃ」

父さんはそういってテレビにさわった。さっきと同じ、ぴゅーって音がして父さんもテレビの中に入っちゃった。

あわてた母さんもテレビにさわって、ぴゅーっ！

ぼくひとりになっちゃった。ぼくも行くしかないな。よし、かくごは決《き》めた。

せえのっ！

ぴゅ……あれれっ？　うでが肩《かた》まで入ったところで止まっちゃったぞ？

中に入れない。ぬくこともできない。

あれから三日たった。ぼくはまだテレビにつかまったままだ。

空を舞《ま》うチョークの粉《こな》

ぼくが当番の日に、黒板消《こくばんけ》しクリーナーがこわれた。

黒板消《こくばんけ》しを乗《の》せてスイッチを入れると粉《こな》が取《と》れる卓上《たくじょう》そうじ機《き》みたいな装置《そうち》。

もちろん、黒板消《こくばんけ》しはキレイにしておかないと先生にしかられちゃうから、休み時間に窓《まど》ぎわでパンパンとたたいた。

たたくたびにチョークの粉《こな》が舞《ま》いあがって、白いけむりのように見える。

それは風に吹《ふ》かれてすぐに流《なが》れていってしまうのだが、風がやんだのか散《ち》らばっていかずに、しばらくのあいだその場をただよっていた。

そのチョークの粉《こな》がなんとなく人の顔に見えた。

男か女か年よりか子どもなのか、はっきりわかる前に消《き》えてしまった。

もうちょっと見ていたかったな。

ぼくはもっと力をこめて黒板消《こくばんけ》しをたたく。

でも、粉《こな》が足りないのかなかなか人の顔にならないうちに、黒板消《こくばんけ》しはキレイになってしまった。

「うーん、気になるな……」

ぼくはとなりの教室から黒板消《こくばんけ》しを借《か》りてきて、もう一度《いちど》パンパンやってみた。

するとまた、チョークの粉《こな》が人の顔に見えてくる。女の子の顔だ。

「こりゃおもしろいぞ」

力をこめて、黒板消《こくばんけ》しをパンパンパンパン……あっ！　手がすべった！

黒板消《こくばんけ》しは窓《まど》の外から校庭《こうてい》の花だんめがけて、ヒューッと落《お》ちていった。

「ああー」

なさけない顔で花だんを見おろしていると、チョークの粉《こな》でできた女の子は、ぼくのことをクスクス笑《わら》いながら風に消《き》えていった。

先生にいいつけるぞ！

裏門《うらもん》のところにトーテムポールがある。おとしの卒業生《そつぎょうせい》の作った陶器《とうき》のトーテムで、南洋風《なんようふう》でちょっと怖《こわ》い。

そのトーテムにヒビが入っていた。

「だれかがイタズラしてるんじゃないのか」

そんなうわさが立って、先生が見まわりしているんだけど、犯人《はんにん》は見つからない。

「おれたちで犯人《はんにん》をつかまえてやろうぜ！」

シゲにさそわれて、塾《じゅく》の帰りにこっそりトーテムの前を通ってみた。

裏門《うらもん》には外灯《がいとう》がないから真《ま》っ暗《くら》……なはずだったのに、なんだかあたりがぼんやり明るく光ってる。

「犯人《はんにん》が懐中電灯《かいちゅうでんとう》でてらしているのかも」
こりゃ本当に犯人《はんにん》とはち合わせるかもって思ったんだけど、ちがった。
陶器《とうき》でできたトーテムの、頭のところが光ってる。
これはますます怪《あや》しい。
「おい！　イタズラしてるのだれだ！　先生にいいつけるぞ！」
シゲが勇気《ゆうき》を出してそうさけぶと、トーテムの頭がいきなりパカンとわれた。
こわれた！　とおどろいていたら、そこから何か小さなものがふわりと出てきた。
それは、小さな牛に引かれた小さな牛車《ぎっしゃ》だった。
牛車《ぎっしゃ》は月へむかって飛《と》んでいって、夜空の闇《やみ》の中に溶《と》けるように消《き》えた。
翌日《よくじつ》、トーテムを見たら、頭のところがぽっかりわれていた。
先生にいいつけようかと思ったけど、信《しん》じてもらえそうにない。

フクロオバケ

日暮《ひぐ》れ前。濃《こ》い夕日にてらされて、あたりが赤くそまっている。足もと、あたしの白いクツも、真《ま》っ赤《か》っ赤《か》。

ナミたちとおしゃべりしてたら、おそくなっちゃった。

「全身《ぜんしん》が真《ま》っ白《しろ》のフクロオバケってのがいて、そいつにふくろをかぶせられたらオシマイなんだって」

ナミったらイヤな話するなぁ、もう。

いつもはイヌのさんぽのお姉さんとかいるのに、きょうはだれにも会わない。

「……あ」

ひょい、とあっちの角からだれかがまがってきた。よかった。人がいる。あたしはホッとする。

その人は全身《ぜんしん》が——赤い。よかった、白じゃない。
赤一色で。ゆら、ゆら、ゆらあり。頭も顔も赤くて。
あたしは足を止めた。
真《ま》っ赤《か》な人は、頭からすっぽりと赤いふくろをかぶっていた。両目《りょうめ》のところに
ギザギザの穴《あな》。そこだけが黒い。
ゆら、ゆら、ゆらあり——何か手に持《も》っている。
赤いふくろ。真《ま》っ赤《か》なふくろ。
ナミの話を思い出す。ううん、だいじょうぶ。あれ赤だよ。白じゃない。
「あ……」
ちがう！　あたしは自分のクツを見た。白いはずのクツは、夕日にそまって
真《ま》っ赤《か》っ赤《か》。じゃあ、あの赤も——。
本当は——本当の色は。

井戸《いど》の底《そこ》には絶対《ぜったい》に何かいる

このあたりは、あちこちに井戸《いど》がある。

学校近くの公園にも、ぼくの家にもある。もちろん、学校にもある。

「むかしの人は井戸《いど》から飲《の》み水をくんだり、せんたくものをあらうための水をくんだりしていたのです」

今は水道があるからつかわれないけど、井戸《いど》はむかしの必需品《ひつじゅひん》だったと社会の授業《じゅぎょう》で聞いた。町内にあるいくつかの井戸《いど》はまだ現役《げんえき》で、ぼくの家の井戸《いど》なんかは地震《じしん》が起《お》きたときの飲《の》み水《みず》にする防災井戸《ぼうさいいど》にもなっている。

むかしは釣瓶《つるべ》というヒモがついたバケツのようなもので水をくんでいたそうだ。でも、深《ふか》い井戸《いど》に落《お》ちたらあぶないので、今は井戸《いど》にフタをして手おしポンプが取《と》りつけられている。これをガションガションとうごかして水を出すのだ。

そういえば、学校の井戸《いど》は「使用禁止《しようきんし》」といわれてる。水をくんではいけない、くんだ水を飲《の》むのはもっといけない。だから、学校の井戸《いど》のポンプは針金《はりがね》でぐるぐるまきにされていてうごかせない。

ぼくが小さいころ、一度《いちど》だけ学校のポンプの針金《はりがね》がすべて切れていたことがある。針金《はりがね》はすべてペンチをつかわずに引きちぎったようになっていてびっくりした。

でも、そのポンプで水をくむとどうなるのか、そのことがすごく気になったぼくは、こっそりポンプをおしてみた。

『ヒイイイイイイイヤァァァァァァァァァ…………』

ポンプの奥《おく》から、なんだかすごくか細いさけび声が聞こえた。

同時にポンプの口から鉄《てっ》くさい真《ま》っ赤《か》な液体《えきたい》がふき出した。

あれ、絶対《ぜったい》に血《ち》だったと思う。

よく似《に》ているからまちがえる

漢字《かんじ》書き取《と》りの宿題《しゅくだい》が出た。

これ、苦手《にがて》なんだ。

たくさん書いていると、だんだんよくわからなくなってくる。

まずは、大。

「大」「大」「大」「大」「大」「大」「大」「大」「犬」「大」「大」「大」「大」「大」「大」

「太」「大」「大」「大」「大」「大」「大」

つぎは、木。

「木」「木」「木」「木」「木」「木」「木」「木」「木」「水」「木」「木」「木」「本」「木」

「木」「木」「木」「木」「木」「木」「木」

それから、土。

「土」

最後《さいご》は、網《あみ》。

これはむずかしいぞ。

「網」「網」「網」「網」「綱」「綱」「綱」「綱」「綱」「綱」「綱」「綱」「綱」「綱」「綱」「綱」「鋼」「鋼」「鋼」「鋼」「鋼」「鋼」

「ふぅー、できた！」

すると、どこからともなく『できていないぞ！』という声が聞こえた。

ぼくの目の前に鋼《はがね》の綱《つな》でぐるぐるまきにされた太っちょの犬と水にぬれた本を持《も》った武士《ぶし》があらわれ、書き取《と》りの宿題《しゅくだい》の上でシュワッと消《き》えた。

「おっと、まちがえてた」

ぼくは消《け》しゴムをかけて宿題《しゅくだい》をやり直した。

いいにおい

ツバサが新しい消《け》しゴムを持《も》ってきた。

とてもいいかおりがする。

女子たちが「それはどこで売っているの」と聞いてみたけど、ツバサは絶対《ぜったい》に教えなかった。でもぼくにだけこっそりそれを教えてくれた。

「うちのポチが死《し》んだ日にひろったんだ」


それから数日して、ツバサは消《け》しゴムをなくしてしまった。

「朝になったら消《き》えてたんだ。どこに行ったんだろう」

あれがまたほしい。あのかおりをかぎたい。ツバサはにおいにとりつかれたように、毎日消《け》しゴムをさがしつづけた。

ツバサは学校の帰り道、ふらふらと車道に飛《と》び出したところで車にはねられ大ケガをして入院《にゅういん》した。

お見舞《みま》いに行くと、体中に包帯《ほうたい》をまいたツバサがいた。

「あの消《け》しゴムと同じかおりが、ここではずっとするんだ」

となりにねていたおばあさんがきのう死《し》んだ。おとといはおじいさんが。その前は……。

だれかが死《し》ぬたびにあのいいかおりがするのだと、ツバサは気味《きみ》の悪《わる》い顔で笑《わら》った。

「それがね、ぼくからもいいにおいがするようになってさ」

ツバサのにおいをかいでみたけれど、ぼくにはぜんぜんわからなかった。

ひまわりのように上をむいて

ナオヤは暗《くら》い性格《せいかく》で、いつも下ばかり見ている。

そんな彼《かれ》に先生がこういった。

「ひまわりみたいに上をむいて歩きなさい。そうやって生きていったほうがいいことがある」

ナオヤは先生のことばを信《しん》じなかった。

ある日、テストで悪《わる》い点数を取《と》ってしまい、家に帰るのがイヤになった。

「上をむいたら、いいことがあるのかな」

ふと、先生のことばを思い出した。

帰り道、上をむいてみた。

青い空が見える。

雲の切れ間。そこに何かがキラリと光った。
「まぶしい」
ナオヤは一瞬《いっしゅん》、体を左のほうにまげた。
すると地面《じめん》にすとんと包丁《ほうちょう》がささった。
ついさっき、ナオヤが立っていたところだ。
上を見て、まぶしいと体をまげなければ体にささって大ケガをしていたにちがいない。
その日からナオヤは下をむくのをやめた。

ふるえる石

コウタはキレイな赤い石をひろった。

小さな赤い花のとなりにころがっていたのだ。

とても気に入ったので、いつも手のひらでにぎって持《も》ち歩いていた。


ある日、石がブルブルとふるえた。すぐに止まったけど、またつぎの日も同じようにふるえた。

石がふるえるのは学校に行くときと、帰るとき。

いつも同じ交差点《こうさてん》で信号《しんごう》が青になるのをまっているときだ。

「なんでここにくるとブルブルするんだろう」

手のひらの上においた石をながめた。

石は赤くてツヤツヤしている。

中に何か入っているのかもしれない。

そう思って光にすかしてみた。

そのとき、彼《かれ》の目の前を猛《もう》スピードで車が通りすぎた。

すると赤い石は、とつぜんその車のほうに飛《と》んでいったかと思うと、車のガラスをつきやぶって運転手《うんてんしゅ》を直撃《ちょくげき》した。

車はそのまま壁《かべ》にぶつかってペシャンコにつぶれてしまった。

メチャクチャになった運転席《うんてんせき》を、赤い服《ふく》を着《き》た女の人がのぞきこんでいた。

『ざまあみろ』

女の人は、ぼくにむかってニヤッと笑《わら》った。

そして、足もとに落《お》ちていた赤い石に吸《す》いこまれて消《き》えた。

呪《のろ》いの本

本が大好《だいす》きなトシオは、図書館《としょかん》で見たことのない本を見つけた。
表紙《ひょうし》も背表紙《せびょうし》もぜんぶ真《ま》っ黒《くろ》で、タイトルは「呪《のろ》いの本」と書かれていた。
中には「この本を読むと呪《のろ》われます」と書かれている。

つぎの日、飼《か》ってた金魚が死《し》んで、またそのつぎの日にころんでケガをした。
本当に呪《のろ》われているのかもしれないと思いはじめた。
気味《きみ》が悪《わる》いので、かえそうとしたのだが、図書館《としょかん》は火事《かじ》で焼《や》けてしまった。
これでは、どこにもかえせない。
シュンに相談《そうだん》してみると、しおりをくれた。
「これはしおりの形をした特別《とくべつ》なおまもりなんだ」

シュンのお父さんは、神主《かんぬし》さん。なるほどこれならご利益《りやく》がありそうだ。

ところがつぎの日に、シュンがあのしおりをかえしてくれとやってきた。

「トシオくん、ごめんね。お父さんがこのしおりじゃ呪《のろ》いは完全《かんぜん》には解《と》けないって」

困《こま》ったトシオは呪《のろ》いの本をじっくり読み直して、ひらめいた。

「この本を読むと呪《のろ》われます」

この文の「ます」を「ません」に書きかえればいい。

「この本を読むと呪《のろ》われません」

これでよし。

つぎの日から、トシオ以外《いがい》の生徒《せいと》がケガをしたり病気《びょうき》になったりした。

ご先祖《せんぞ》さまがいっぱい

何かこう刺激《しげき》のあるあそびがしたいな——そういったのはだれだったか。

すぐに全員《ぜんいん》さんせいして、さっそく「やろう！」ってなった。

「何する？」「かくれんぼ！」「——お墓《はか》で」

これもだれがいったんだっけ。ぼくじゃないよ。ぼくはドンビキしたんだよ。

だけど、うん、みんなすぐにノリノリになって。ぼくだけ怖《こわ》がってるとか、かっこ悪《わる》いし。

でも、すぐに夢中《むちゅう》になったんだ。

墓石《はかいし》ってみんな似《に》てるし、墓地《ぼち》ってなんか迷路《めいろ》っぽくて。

だんだん調子《ちょうし》にのっちゃって、お墓《はか》に足をかけたり、線香《せんこう》立てをひっくりかえしたり。おそなえものをつまみ食いしたり……。

あそびまくって家に帰ったら、お父さんとお母さんが、すっごい怒《おこ》って玄関《げんかん》の前に立ってた。

「お墓《はか》であばれたね」

な、なんでバレてるの？

お父さんが玄関《げんかん》の戸を開《あ》けると、そこには白い着物《きもの》すがたの知らない人たちがたくさん、うろうろしていた。

「よそのご先祖《せんぞ》さまたちが怒《おこ》ったんだよ。うちのご先祖《せんぞ》さまたちが責任《せきにん》を取《と》って、お墓《はか》から出ていくことになったんだ！」

「どうするのよ、これ！」

さけぶお母さんのすぐ後ろに、ひとりだけ知っている顔を見つけた。去年亡《きょねんな》くなったおじいちゃんだ。うらめしそうにぼくを見ている。

南無阿

おみまもり

ナノちゃんが持《も》っているのは、白くて丸いキレイな石。

「ママにもらったの。あたしの大切なおまもり」

体育《たいいく》の時間が終《お》わって、教室にもどってきたとき、ナノちゃんがさけんだ。

「ない！　おまもりがない！」

みんなびっくりしていっしょにさがしたけど、あのキレイな石は見つからない。

放課後《ほうかご》も、ナノちゃんは必死《ひっし》にあちこちさがしまわっている。

「ごめん。塾《じゅく》だから先に帰るね」

わたしは走った。塾《じゅく》なんて、うそ。

ナノちゃんのおまもりは、わたしのポケットの中。

そっと取《と》り出した。

ほしかったの。こんなにキレイなんだもん。

あれ？　この石、真《ま》っ白《しろ》だったと思ったけど――真《ま》ん中《なか》に、黒い丸がある。

「こんなもようあったっけ」

わたしは石を、手のひらの上でころがしながら歩いた。キラキラしててとてもキレイ。

――と、白い石の上に影《かげ》が差《さ》す。

「見つけた」

知らないおばさんが、ゆらりとわたしの前に立った。

「それ、うちの子のおまもりにあげたのに」

どうしてあなたが持《も》ってるの――おばさんは、左目に眼帯《がんたい》をつけている。

丸くて白い石の真《ま》ん中《なか》には、黒い丸。

その黒い丸が、じわりと赤く変《か》わっていく。

学校にくればお腹《なか》を空《す》かせない

ぼくの学校の校庭《こうてい》に植《う》えられている木は、実《み》を食べることができる。大むかし、この学校ができたばかりのときに、そのころの校長先生が「子どもたちがお腹《なか》を空《す》かせないように」と、食べられる実《み》がなる木を植《う》えたのだそうだ。だから、ぼくたちはつまみ食いのできるおやつにいつでもありつける。

春、入学式《にゅうがくしき》のサクラが散《ち》ってしばらくするとサクランボがなる。梅雨《つゆ》になると、ビワの実《み》がなる。ちょっと酸《す》っぱくておいしい。ビワから少しおくれてモモの実《み》がなる。毎年、どれかひとつくらい桃太郎《ももたろう》が入っていないかと思ってわってみるんだけど、まだ当たりが出たことはない。

夏のさかりになると、スイカとトマトとキュウリがなる。鈴《すず》なりになった大きな実《み》はみずみずしくてたまらなくおいしい。

このころになるとイチジクも実《み》をつけはじめる。

秋になるとギンナンが落《お》ちてくる。すごくくさいし、すぐには食べられないんだけど、持《も》って帰るとお父さんがよろこぶ。お母さんは困《こま》った顔をする。

カキはまごまごしていると鳥に食べられてしまう。

ほかにも、リンゴ、ナシ、ミカン、キンカン、ブドウ……いろいろな実《み》がなる。不思議《ふしぎ》なのはすべての実《み》が同じひとつの木になるってことだ。そもそもスイカやトマトやキュウリって、木になる実《み》……だったっけ？

「そりゃあね、毎年とびきり優秀《ゆうしゅう》な肥料《ひりょう》をこの木の下にうめているからね」

校長先生は麦《むぎ》わらぼうしの下で汗《あせ》をふきながらそういう。

「今年は学年一位《い》のキミをうめてみようか。バナナがなるかもしれないぞ」

ピアニストをささえる力《ちから》持《も》ち

音楽室に新しいピアノがきた。

どこかから寄付《きふ》された古めかしい中古品《ちゅうこひん》だけど、りっぱなグランドピアノだ。

先生は、音楽の授業《じゅぎょう》のときにピアノのしくみを教えてくれた。

「ピアノは鍵盤楽器《けんばんがっき》だけど、実《じつ》は弦楽器《げんがっき》の一種《いっしゅ》なのよ」

つまりこうだ。

鍵盤《けんばん》というのは木でできた小さなシーソーになっている。

白鍵《はっけん》、黒鍵《こっけん》、そのすべてがひとつずつ、べつべつのシーソー。

「鍵盤《けんばん》を強くたたくでしょ？　そうすると、シーソーの反対側《はんたいがわ》がはねあがって、そこについているハンマーが弦《げん》をたたく」

先生が、「ド」の音の鍵盤《けんばん》をたたいた。

——ポーンンン……。

キレイな音がひびく。

「鍵盤《けんばん》の数だけハンマーもあるわけね」

先生は説明《せつめい》しながらポロロンポロロンとピアノをかなでつづける。

ぼくは身を乗《の》り出して、グランドピアノの中をのぞきこんだ。

ピアノの中にはりめぐらされた弦《げん》の根《ね》もとで鍵盤《けんばん》がうごく。

その弦《げん》のすき間をこびとが走りまわっていた。

こびとは身《み》のたけほどの大きさのハンマーをふりあげて、ピアノの弦《げん》をたたく。

先生がショパンをひきはじめると、こびとは目がまわるほどのいそがしさでピアノの底《そこ》を走りまわり、弦《げん》をたたいた。

そっか。

グランドピアノって、中の人が大変《たいへん》なんだな。

サクラの木の下のタイムカプセル

秘密《ひみつ》のタイムカプセルを作った。宝《たから》ものを入れて、未来《みらい》のぼくに送《おく》るのだ。

どこか見つかりにくいところ……と思って、校舎《こうしゃ》の北側《きたがわ》にあるサクラの木の根《ね》もとをスコップでほっていたら、なんだか箱《はこ》みたいなものが出てきた。

四角いクッキー缶《かん》だ。だれかがうめたタイムカプセルかもしれない。

ドキドキしながら開《あ》けてみると、中にはいろいろなものが入っていた。

ビー玉とか、お菓子《かし》のオマケとか、キレイなシールとか、トレーディングカードとか、折《お》り紙《がみ》で作ったツルとか、アイスの当たり棒《ぼう》とか。

どれも見おぼえがある。

クラスの友だちが宝《たから》ものだといっていたものばかりだ。

メッセージカードが入っていた。ぼくあてだ。

「アキへ。キミがとつぜん死《し》んでしまったのはさみしいです」

「さようなら。天国で安《やす》らかにねむってください」

アカギ先生のメッセージもあった。これ……どういうこと？

日づけは三年前のきょうだ。なんだよこれ、イジメかよ！

ぼくは悲《かな》しい気持《きも》ちになった。

そこに先生があらわれた。ほりかえされたタイムカプセルを見た先生はおどろき、涙《なみだ》をポロポロこぼしながら手を合わせた。

「アキ、今年もタイムカプセルをほり出したのか。亡《な》くなって三年もたつのに、自分が死《し》んだことにまだ気づかないなんて……」

先生のことばを聞いたぼくの指先《ゆびさき》はうっすらと透明《とうめい》になっていった。

そうか。なぜわすれていたんだろう。

おとしの遠足のとき、ぼくはもう――。

モノにこだわるのは楽しいです。
消《け》しゴムだって、スニーカーだって、
大切につかえば、きっとよろこんでくれます。
でも強すぎる思いがこめられたモノは、
たまに、不思議《ふしぎ》な力を持《も》つことがあります。
道ばたの石ころだって怪《あや》しいですよね。
だから、登下校《とうげこう》で石をけるのはやめましょう。

指《し》揮《き》者《しゃ》をよく見て元気よく

校内合唱《がっしょう》コンクールというのがある。

ぼくたちのクラスはこの日のために猛練習《もうれんしゅう》をしてきたから、ほかのクラスなんか「ぼくらの敵《てき》じゃないな！」と思っていた。

そのくらい自信満《じしんまん》まんだった。

「――では、つぎは二組のみなさん、おねがいします」

最初《さいしょ》は緊張《きんちょう》したけど、担任《たんにん》のイノウエ先生の指揮《しき》に合わせて合唱《がっしょう》がはじまると自然《しぜん》に練習《れんしゅう》を思い出して、うまく歌えた。

……と思っていたんだけど、なんだか微妙《びみょう》にテンポがズレる気がする。

となりをチラッと見ると、ユウジも同じことを思っていたみたいで、ぼくのほうにさかんに目くばせしてきた。

心配《しんぱい》になって先生をよく見ると、どうも先生の体のまわりがぼやけて見える。

というより、もうひとりべつのだれかが先生とかさなっているように見えるのだ。

先生にかさなった人影《ひとかげ》も腕《うで》をふって合唱《がっしょう》を指揮《しき》しているんだけど、そいつは今ひとつリズム感《かん》がよくないようで、先生の指揮《しき》から少しずつズレていく。

ぼくもみんなも、ヘタクソな人影《ひとかげ》のほうの指揮《しき》に引きずられてしまい、歌のタイミングがどんどんくるっていく。

最後《さいご》のほうでは、先生の指揮《しき》と人影《ひとかげ》の指揮《しき》は一拍以上《いっぱくいじょう》も完全《かんぜん》にズレてしまっていて、まるで指揮者《しきしゃ》がふたりいるようなありさまになっていた。

歌が終《お》わってステージから退場《たいじょう》するとき、先生が先に立って歩きはじめても、ぼやけた人影《ひとかげ》はずっとステージの上にのこっていた。

どうやら、つぎのクラスの合唱《がっしょう》もじゃまするつもりらしい。

ぼくがやりました

きょうの学活《がっかつ》のテーマは「クラスの問題《もんだい》を解決《かいけつ》する」だった。たしかに最近《さいきん》いろいろ事件《じけん》があった。教室の花びんがわられていたり、黒板消《こくばんけ》しが花だんにすてられていたり……。

「悪《わる》いことをしても、かならずだれかに見られているものです。でも本当のことをいうのも勇気《ゆうき》が必要《ひつよう》です。なので、みんな目をつぶってください」

学級委員長《がっきゅういいんちょう》にいわれてぼくも目を閉《と》じた。

「では……まずは花びんをわった犯人《はんにん》を知っている人は、目をつぶったまま犯人《はんにん》を指《ゆび》さしてください」

じつは、花びんをわってしまったのはぼくなのだ。でも、いい出しにくくて、ずっとだまっていたのだ。ぼくはドキドキしながら薄目《うすめ》を開《あ》けた。

すると、クラス全員《ぜんいん》が教室の一番後ろの席《せき》のぼくを指《ゆび》さしていた。バレてた。

「つぎに黒板消《こくばんけ》しを花だんにすてた犯人《はんにん》は」

またぼくが指《ゆび》さされている。ちがう。ちがうってば。それはぼくじゃない。

――ぼくがやったのは花びんだけです。でも、黒板消《こくばんけ》しはぼくじゃありません。

そうさけびかけて立ちあがった。

すると、教室の一番前の席《せき》からぼくを指《ゆび》さしていたはずのユキトが真《ま》っ青《さお》な顔をして、立ちあがってさけんだ。

「黒板消《こくばんけ》しはぼくです。あやまります。でも花びんはぼくじゃありません！」

ユキトも薄目《うすめ》を開《あ》けるたびに全員《ぜんいん》から指《ゆび》さされていたらしい。先生がいった。

「ふたりともあとで職員室《しょくいんしつ》にきなさい」

ぼくとユキトは、へなへなといすにすわった。

迷子《まいご》ぐせ

宿泊学習《しゅくはくがくしゅう》二日目、きょうの予定《よてい》はハイキングだ。

キャンプ場から山頂《さんちょう》をめざし、頂上《ちょうじょう》でお昼《ひる》のお弁当《べんとう》を食べて、夕方までにもどってくる。ぼくたちの班《はん》は一番最後《さいご》。しかも先生がいっしょだ。

みんな楽勝《らくしょう》だといっていた。ぼくもそう思っていた。

それなのに……。

「ここ、さっきも通ったよね？」

そう先生にたずねられて、ぼくはとなりを歩いていたユキノと顔を見合わせた。

くだり坂《ざか》だから気がつかなかった。

時計は持《も》っていないけれど、山をおりはじめてだいぶたつような気がする。

迷《まよ》った？　遭難《そうなん》？

女子の小さな声が、ほかのメンバーも不安《ふあん》にさせる。

山道ではあるけれど、迷《まよ》いそうもないハイキングコースの真《ま》ん中《なか》で、みんな立ち止まってしまった。

森の中から、先生の名前をよぶ声が聞こえる。

「やっぱりわたしのせいか……」

先生はそういうと、コースから外れて森の中に入っていく。

「みんなは先に行きなさい」

先生のすがたが見えなくなったあと、ぼくたちはハイキングコースをくだりはじめた。どういうわけか、あっという間にキャンプ場に着《つ》いた。

夕飯《ゆうはん》前に山をおりてきた先生は、前にも何度《なんど》も同じように迷《まよ》ったことがあると笑《わら》った。

どこを通ってもどってきたのかは、とうとう卒業《そつぎょう》まで教えてくれなかった。

放課後《ほうかご》がもっと長ければいいのに

放課後《ほうかご》の学校は楽しい。上級生《じょうきゅうせい》は塾《じゅく》があってみんな早めに帰っちゃうから、校《こう》庭《てい》はぼくらがいつでもつかいほうだいだった。

それでも楽しい時間に終《お》わりはある。ぼくは家が近くだからもっとあそんでいたいんだけど、学校から家が遠い同級生《どうきゅうせい》から順《じゅん》に帰っていく。

「そろそろ帰るね。またねー」

校庭《こうてい》はもうぼくひとりしかいない、と思っていたら「パス！」とだれかがさけんだ。

校庭《こうてい》の反対側《はんたいがわ》にだれかが立っている。名前は知らないけど見おぼえがある。

上級生《じょうきゅうせい》だったかもしれない。

ぼくらはふたりでボールをけった。あたりは夕暮《ゆうぐ》れで、ボールも校舎《こうしゃ》も校庭《こうてい》もぼくもそいつもオレンジ色にそまった。

でもまだボールが見える。たそがれどきは一瞬《いっしゅん》だっていうけど、きっとうそだ。

あたりはいつまでも夕暮《ゆうぐ》れのままで、このままずっとあそべそうだった。

「まだもう少しあそべるよ」

「そうだね」

そのままあそびつづけてボールを追《お》って校門のところまで走っていくと、ぼくの名前をよぶ声が聞こえた。門の外にお母さんがいた。

「アンタ、こんなおそくまで何やってるの！　心配《しんぱい》したんだから！」

「えっ？　だってまだ夕方でしょ？」

校門の内側《うちがわ》をふりむいたら、あたりはとつぜん真《ま》っ暗《くら》になった。

しかも、校庭《こうてい》にいるのはぼくひとりだけだった。

校舎《こうしゃ》の大時計は夜中の十二時をさしていて、ぼくは大目玉をくらった。

キレイなお姉さん

コトネの通う小学校はいまどきめずらしい大人数で、一学年に五クラスもある。
だから低学年《ていがくねん》のうちは、同じ学年でも知らない友だちがいたりした。
学校も大きいから、一年生のころは迷子《まいご》にもなった。
校舎《こうしゃ》を探検《たんけん》しているうちに、教室にもどれなくなってしまったのだ。
「どうしたの？」
そのときにやさしくしてくれた上級生《じょうきゅうせい》がいる。
名前は知らないけれど、本当のお姉さんみたいだと思った。
泣《な》いていたコトネの手を引いて、保健室《ほけんしつ》につれていってくれた。

そのあとも何回か会った。

かならずコトネが困《こま》っているときに手を貸《か》してくれる。

ただ、ちょっと不思議《ふしぎ》に思うことがある。

コトネももう五年生になって、上級生《じょうきゅうせい》といえば六年生だけ。

なのに、集会《しゅうかい》や行事《ぎょうじ》でお姉さんを見かけたことがない。

今年は運動会《うんどうかい》の係《かかり》を六年生といっしょにやったのに、そこでも会うことがなかった。

ずっとさがしているのに、これでは学校の中にいないみたいだ。

でも、まぼろしなどではないと、コトネは思っている。

見かけないけど、名前も知らないけれど、お姉さんはたしかにいる。

同級生《どうきゅうせい》も先生も、だれに聞いてもわからないけれど。

最近《さいきん》、鏡《かがみ》にうつった自分の顔がお姉さんに似《に》てきたようで、コトネはちょっとうれしい。

職《しょく》員《いん》室《しつ》のおとなが怖《こわ》いので

職員室《しょくいんしつ》は苦手《にがて》だ。だって、おとながいっぱいいるからだ。ぼくは人見知りなほうで、とくにおとなと目を合わせたり話をしたりするのが苦手《にがて》だ。

もちろん、ここにいるおとなは、先生ばかりだ。

担任《たんにん》のオオタケ先生には毎日教室で会ってる。

でも、ほかの先生はよくわからない。

となりのクラスのアキヤマ先生は合同授業《じゅぎょう》のときに会うから知ってる。教頭先生は毎朝校門に立ってるから知ってるけど、職員室《しょくいんしつ》ではいつも不機嫌《ふきげん》そうだ。

ほかの学年の先生なんか、もうほとんど知らない人と変《か》わりない。

だからなんとなく職員室《しょくいんしつ》は苦手《にがて》だ。

ほかの学年の先生以外《いがい》にも、よくわからないおとながいる。

何かを届《とど》けにきた宅配便《たくはいびん》の人がいることがあるし、背広《せびろ》を着《き》てカバンを持《も》ったどこかの業者《ぎょうしゃ》のような人がいることもある。

天井《てんじょう》からぶらさがった古い照明《しょうめい》のカサの上にブランコみたいにすわっているはだかのおじいさんはいつもいるし、スケジュールを書きこんだホワイトボードをべろべろなめるボロ布《ぬの》を着《き》たおばあさんも職員室《しょくいんしつ》の常連《じょうれん》だ。

ブランコじいさんやホワイトボードばあさんはときどき校長先生とあいさつしたり雑談《ざつだん》したりしているけど、職員室《しょくいんしつ》のそのほかの先生たちと話しているのを見たことがない。見えていないのかもしれない。

ぼくも話しかけられるけど、気づかないフリをしている。人見知りだから。

広場はぼくたちのナワバリ

校庭《こうてい》は上級生《じょうきゅうせい》がサッカーをやるからあそべない。

「早いもの勝《が》ちだからな！　おまえらはほかのところに行けよ！」

学校から一番近い公園は夕方になると先生が見まわりにくる。

「おまえら、早く家に帰れよ！」

学校のまわりにぽつぽつとある公園は、だいたいみんなナワバリが決《き》まっていて、同じグループがつかっている。ぼくらはいつもなら三丁目《さんちょうめ》の児童《じどう》公園であそんでるんだけど、その日はゲートボールのお年よりに追《お》い出されてしまった。

「じゃあ、お寺の裏《うら》の公園に行こうぜ」

そんなところに公園なんかあったっけ？　と聞いたら、タカが「最近《さいきん》見つけた穴場《あなば》なんだ」という。

「けっこう広いのにだれもいないんだ」

行ってみると、すべり台も鉄棒《てつぼう》も水飲《みずの》み場《ば》もなくて、だだっ広いだけの広場だった。でも、だれもいないからあそびほうだいだ。

ときがたつのもわすれてあそんでいると、どこからかおとなの声が聞こえた。

「タカ！　ごはんよ！」

「はーい！」と返事《へんじ》をしたとたん、タカは地面《じめん》に吸《す》いこまれていった。

『ごはんよ！』「はーい！」『ごはんよ！』「はーい！」

よばれて返事《へんじ》をするたび、同級生《どうきゅうせい》はつぎつぎに地面《じめん》に落《お》ちて消《き》える。

当たり前のように消《き》えていくのでびっくりした。

『カイト！　ごはんだよ！』

ぼくの名前をよぶ母ちゃんの声が聞こえた。つられて「はあい」と返事《へんじ》をしたとき、だれかがぼくの足首をつかんで、地面《じめん》にむかってグイと引っぱった。

きょうからわたしは

ん……まぶしい。

えっと、たしか、わたし、保健室《ほけんしつ》に行って——やだ、ぐっすりねむってたみたい。

だってしかたないじゃない。きのう、夜ふかししちゃったんだもん。

「ちょうどいい児童《じどう》が見つかりましたので、早いほうがいいかと」

カーテンのむこうから、保健室《ほけんしつ》の先生の声が聞こえてきた。

「ありがとう。これはステキだ。体がとても軽《かる》い」

こたえる女の子の声。なんだか生意気《なまいき》な感《かん》じ。

でも聞いたことがあるような。

わたしは、そっと体を起《お》こす。ん、体が重《おも》い？

——はぁ!?　何これ、何これ、ナニコレ——シーツの上のわたしのこの手、大きくて毛が生えててゴツゴツしてる!!

「起《お》きたようね」

シャッ。カーテンが開《ひら》いた。保健室《ほけんしつ》の先生だ。おかしいのをガマンしてるような、変《へん》な顔でわたしを見てる。

その後ろでにこにこしている女の子。——それはわたしだった。

『キミの体は、とっても居心地《いごこち》がいいよ』

ぴょんぴょんとはねるようにして、はしゃいでいる。

『代《か》わりにわたしの体をあげるからね。好《す》きなだけねてるといいよ』

『まぁ、いいよね。いくらサボっても、もうだれもキミを怒《おこ》らないから』

保健室《ほけんしつ》の先生はそういって、わたしに手鏡《てかがみ》を差《さ》し出した。

そこには真《ま》っ青《さお》になって今にも泣《な》きだしそうな——校長先生がうつっていた。

今年は豊作《ほうさく》なので食べほうだい

「今年の出来はいかがですかな校長先生」

「今年はなかなか豊作《ほうさく》ですねえ教頭先生」

昼休み、校長先生と教頭先生は中庭《なかにわ》の花だんを見おろしてにんまり笑《わら》った。

最近《さいきん》、花だんは花ではなくニンジンが植《う》えられるようになった。

「そういえば、間引《まび》いたもので作ってみたんですが、おひとついかがです」

校長先生は赤いふくろを開《ひら》いて、ニンジンスティックを取《と》り出した。

「おっ。これは……もぐもぐ……なかなかいけますな……ポリポリ」

教頭先生は口のまわりをふくろと同じ色の血《ち》のようなもので赤くしながら、それを食べた。そのスティックの片《かた》ほうのはじには、子どものツメがついていた。

『校長先生、一番おいしいところは』

『ああ、目玉ですね。あれはおいしい。今、塩漬《しおづ》けにしているところです』

『それはすばらしい。あの子は目がよかったから、さぞやおいしいでしょう』

校長先生はうなずいて、また赤いふくろに手をつっこんだ。

校長先生たちが花だんでニンジンを作るようになってから、同級生《どうきゅうせい》がたまに行方不明《ゆくえふめい》になる。

それも優等生《ゆうとうせい》から順《じゅん》にいなくなってる。

ひとりいなくなるたびに、校長先生たちがうまそうに「ニンジン」を食べる。

あの赤いふくろの中身《なかみ》は本当にニンジンなのか。

もしかしたら、校長先生たちが優等生《ゆうとうせい》を食べているんじゃないか。

まさかそんなはずは……。

でもこのままいくと、つぎはぼくの番がまわってくる。

どうしよう。

先生やお父さんやお母さん、センパイなど、
目上の人のいうことは、よく聞きましょう。
みなさんをよい方向《ほうこう》にみちびいてくれるはず。
中には、生きているかどうか怪《あや》しい存在《そんざい》も…。
おかしいな？　と思ったら全力《ぜんりょく》で逃《に》げましょう。
さて最後《さいご》は、体にまつわるお話をあつめました。
自分の体も、ときに裏切《うらぎ》ることがあるようで……。

個人情報《こじんじょうほう》なので絶対《ぜったい》に秘密《ひみつ》

「きょうはおうちの人にわたすプリントの説明《せつめい》をします。

はい、そこさわがない。よく聞くように。

今度《こんど》、新しく学校指定《してい》の名札《なふだ》を作ることになりました。

名札《なふだ》に必要《ひつよう》な情報《じょうほう》を、お父さんかお母さんにおねがいして、今くばったプリントに記入《きにゅう》してもらってください。

記入《きにゅう》する内容《ないよう》は、つぎの通り。

児童《じどう》の名前、漢字《かんじ》と読みがな。

生年月日と血液型《けつえきがた》、アレルギーの有無《うむ》。

自宅《じたく》の住所《じゅうしょ》と電話番号《ばんごう》。

お父さんかお母さんの携帯電話番号《けいたいでんわばんごう》。これは緊急時《きんきゅうじ》の連絡先《れんらくさき》です。

もうひとつ。これは大事《だいじ》なことです。みなさんの髪《かみ》の毛、ツメ、最初《さいしょ》にぬけた乳歯《にゅうし》を、プリントといっしょに学校に持《も》ってきてください。

髪《かみ》の毛、ツメ、乳歯《にゅうし》は、和紙《わし》につつんで今夜の満月《まんげつ》の光にひと晩《ばん》当てることをわすれずに。わすれると大変《たいへん》なことになります。

ただし、髪《かみ》の毛、ツメ、乳歯《にゅうし》については、おうちの人にはないしょで持《も》ってくるように。これらはみなさんの大切な個人情報《こじんじょうほう》ですので、家の人だけでなくほかの先生にも絶対《ぜったい》に知られないように気をつけてください。いいですね？」

……先生、髪《かみ》の毛、ツメ、乳歯《にゅうし》って、何につかうの？　本当に名札《なふだ》にいるの？

『キミたちはそんなことは知らなくていいんです』

先生は口もとをゆがめて笑《わら》った。

でも、目は笑《わら》っていなかった。

三人多くて一本多い

市内の小学校対抗《たいこう》のサッカー大会があった。

他校《たこう》の代表《だいひょう》で快進撃《かいしんげき》をつづけるすごく強いチームがあって、優勝候補《ゆうしょうこうほ》だったぼくらの小学校と決勝《けっしょう》で当たることになった。

ピッチに立ってみると、そいつらはみんなヒョロヒョロのガリガリで、あんまり足も速《はや》くない。パスだって決《けっ》してうまくない。

「なんでこんなヤツらが決勝《けっしょう》まできたんだろう？」

ぼくらが首をひねっていると、キャプテンが声をかけてきた。

「なあ、あっちのチーム、人数多くないか？」

サッカーは十一人でプレイする。ゴールキーパーひとりと、のこり十人のはず。

数えてみるとちゃんと十一人いた。合ってる。

「でも今、相手《あいて》チームの選手《せんしゅ》をひとりずつ全員《ぜんいん》でマークしてるのに、どうしてあっちは、三人もフリーになってるんだ」

いわれてみればだれからもマークされてない選手《せんしゅ》が三人もいる。

何度《なんど》数えても、相手《あいて》チームは十一人。これはまちがいない。

だけど、たしかに三人、完全《かんぜん》にフリーになっている。審判《しんぱん》には見えていないのか、ホイッスルも鳴らない。そいつらはボールをまわしながらゴール前におどり出た。

だめだ、ぬかれる――。

ゴールにボールがけりこまれる寸前《すんぜん》、ぼくらのゴールキーパーがボールをパンチングではねかえした。

「ナイスセーブ！」

今、キーパーの手が三本あったような……いや、気のせいだ。試合続行《しあいぞっこう》だ。

9
4
13

髪《かみ》をあらうやさしい手

「すごく仲《なか》のよかった姉妹の話をするね。

妹がまだひとりで髪《かみ》をあらえないからって、お姉さんが毎日あらってあげてたの。

でもね、そのお姉さん。かわいそうに、車にはねられて死《し》んじゃって。

妹はショックでずっと泣《な》いてて、ごはんも食べたくないしおふろにも入りたくないって。そりゃそうよねぇ。

だけど、お姉さんが亡《な》くなって七日目になる〈初七日《しょなのか》〉の前の日に、

(ちゃんとしなきゃ。お姉ちゃんのためにキレイにしよう)

泣《な》きやんで、ひとりでおふろに入ることにしたの。

髪《かみ》をあらうときに、やっぱりお姉さんのことを思い出しちゃって、こらえてい

た涙《なみだ》がブワッて。

そのまま声をあげて泣《な》いちゃったんだけど、頭の上にフワッとやさしい手がおかれた感《かん》じがして。

あっ、と思ったら、その手がぬれた髪《かみ》をなでるようにしてあらってくれて。すがたは見えないし、鏡《かがみ》にもうつってないんだけど、ああ、お姉ちゃんだってわかったそうなの。

妹が小学校を卒業《そつぎょう》するまで、それはつづいたんだって。

うん。それからお姉さんの手はあらわれてないの。

妹が大きくなって、もう手伝《てつだ》いはいらないって思ったのかなぁ。

でね。

この話を聞いた小学生のところに、そのお姉さんはやってくるそうよ。やさしい手で、髪《かみ》をあらうのを手伝《てつだ》ってくれるんだって」

呪文《じゅもん》を逆《ぎゃく》に読んで

サツキは、おとなになったらピアノの先生になるのが夢《ゆめ》だ。
大きなホールでピアノをひいている人を見て、いつか自分もってあこがれている。

でも、友だちはそれを笑《わら》った。
「ピアノは指《ゆび》が長くないと上手《じょうず》になれないんだよ」
サツキの短《みじか》い指《ゆび》を見て「絶対《ぜったい》に無理《むり》だ」とバカにした。
サツキはがっかりした。
でもあきらめなかった。
どこで調《しら》べてきたのか、怪《あや》しいおまじないをおぼえた。

「毎日こういいながら指《ゆび》をさすると、細くて長くてステキな指《ゆび》になれるんだってさ」

ルレオ　ガビユ　テッア　ニコジ

それから数日後にサツキは事故《じこ》にあった。重《おも》いドアに手をはさまれてしまったのだ。指《ゆび》の骨《ほね》がぜんぶ折《お》れて、だらりとのびた指《ゆび》はたしかに長くなっていた。

でも二度《にど》とピアノはひけなくなった。

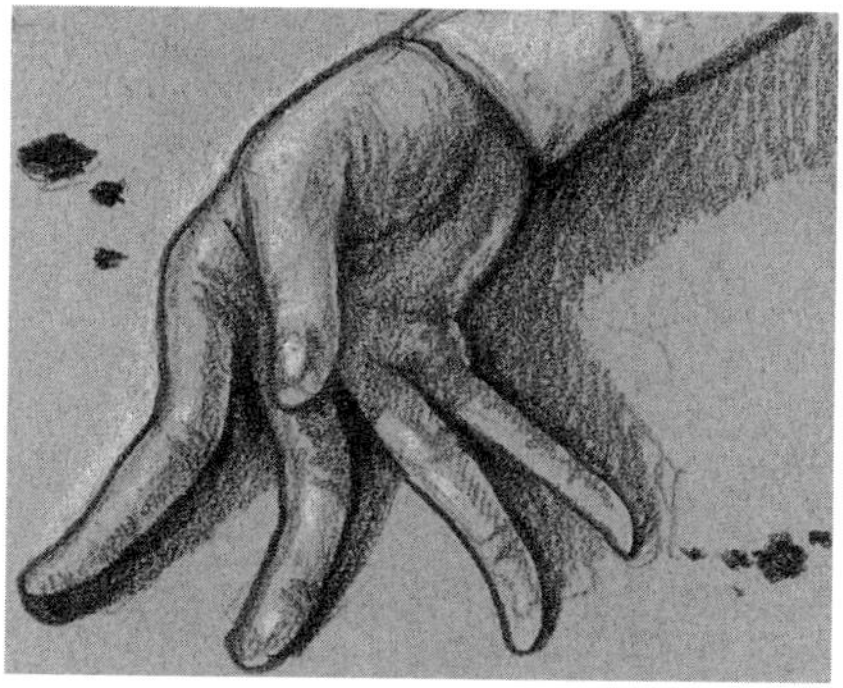

仏眼《ぶつがん》

「おまえ、ブツガンあるんじゃない？」

兄ちゃんが、いきなりぼくの左手を取《と》って、変《へん》なことをいった。

「ブ、ブツガン？」

「うん。ほら、これ」

兄ちゃんはぼくの親指《おやゆび》をつかむと、「関節《かんせつ》のところにあるシワが、目みたいだろう？　これがあると霊感《れいかん》があるらしいよ」

ブツガンは「仏眼《ぶつがん》」って書くらしい。仏《ほとけ》さまの目、かぁ。

霊感《れいかん》なんかイヤだなぁ。ぼくは幽霊《ゆうれい》とか見たくない。

だから左手の親指《おやゆび》を見るたび、ゆううつになった。もちろん勉強《べんきょう》なんてする気になれない。

……って、これはいいわけだけど。

「でもこれはシャレにならないぞ。ちっともわからないや」

いきなりの小テストで、ぼくはすっかり困《こま》ってしまった。このままじゃ零点《れい》だよ……あ。

ブツガン！　霊感《れいかん》でカンニングできないかな？

ぼくは左手をそっとのばす。前の席《せき》は秀才《しゅうさい》のテルくんだ。

……んっ。親指《おやゆび》の関節《かんせつ》が、むずがゆくなってきた。これはイケる!?

ブツガンのところに、パリッという音とともに激痛《げきつう》が走った。

あわてて手を引っこめて見ると、そこが真横《まよこ》に裂《さ》けてて……まるで、まぶたが開《ひら》くように、裂《さ》け目《め》がめくれあがっていく。

すみきった、とてもキレイな目玉があらわれた。

ぼくのことをじっと見ている。

ビー玉落《お》とし

理科室には大きな水そうが三つならんでおいてある。
どれもそうじしていないからよごれている。
中に何がいるのかわからない。
トウマが理科室に消《け》しゴムを取《と》りにもどった。
そのとき、真《ま》ん中《なか》の水そうの中に赤いものが見えた。
「赤い　ビー玉　ちょーだい。青い　ビー玉　ちょーだい」
小さな女の子の声がする。
そのとき、足もとに赤いビー玉と青いビー玉がころがってきた。
トウマは、赤いビー玉のほうをひろって水そうにポチャンと落《お》とした。
青いビー玉はとてもキレイだったので、ポケットに入れて持《も》ち帰った。

つぎの日から真《ま》ん中《なか》の水そうの中に、はだ色の何かがうごいているのが見えるようになった。

トウマがよく見てみると、それは小さな子どもの手だった。

『今度《こんど》は　青い　ビー玉　も　ちょーだい』

水そうの中の手はニギニギとうごいている。

またあのときと同じ小さな女の子の声が聞こえた。

「青いビー玉は、今は持《も》ってないよ」

きのう、持《も》って帰ってしまったからだ。今はぼくの部屋《へや》においてある。

そうこたえると水そうの中から真《ま》っ赤《か》な目をした女の子が出てきた。

『それなら　おまえの　目玉を　よこせ！』

女の子がさけんだとたん、トウマの目の前は真《ま》っ暗《くら》になった。

足もとからつけてくる

通学路《つうがくろ》の、ほら、道のはしっこにドブがあるでしょ。コンクリートのフタがのっていて、ところどころに水はけをよくするための穴《あな》があるの。

車が通るとあぶないから、道の右はしを歩きなさいって先生がいうし、あのフタの上を歩いていたんだ。

その日は雨がふっていた。ぼくとリッくんは、いつものようにいっしょに帰っていた。

カサを差《さ》してたぼくたちは、たてにならんでね。

ぼくが前でリッくんが後ろ。

「ヨウちゃん、変《へん》な音しない？」

リッくんが話しかけてくる。

「え、聞こえないよ。変《へん》な音ってどんな？」

ぼくは前をむいたままこたえる。

「下からベチャベチャっていう……足音っぽくて気持《きも》ち悪《わる》いんだ」

「足音って、下、ドブだよ？　雨ふってるし水が流《なが》れてる音じゃない？」

「うん、でも……あ、なんかズルッて引きずるような」

ベシャッ、ゴリッ。

いきなり聞こえた気持《きも》ちの悪《わる》い音と同時に、リッくんの声がやんだ。

ぼくはふりかえる。

そこにリッくんはいなくて、ただ、カサだけがころがっていた。

ぼくのすぐ後ろにある、ドブのフタの穴《あな》が赤いものでよごれている。

ぽかんと見つめているうちに、雨でそれは消《き》えていった。

三十人三十一脚《さんじゅうにんさんじゅういっきゃく》？

運動会《うんどうかい》で、ぼくらはクラス全員参加《ぜんいんさんか》の「二人三脚《ににんさんきゃく》」をやることになった。

うちのクラスは三十人だから、三十人三十一脚《さんじゅうにんさんじゅういっきゃく》だ。みんなの足をむすぶのは、おそろいの真《ま》っ赤《か》なヒモ。ぼくらのクラスのチームカラー。

きょうも放課後《ほうかご》は、下校の時間まで練習《れんしゅう》だ。学級委員《がっきゅういいん》が号令《ごうれい》をかける。

「それ！　イチニ！　イチニ！」

ダッ、ダッ、ダッ……、

「うわわっ」「きゃっ」——真《ま》ん中《なか》のふたりがころんでしまった。

「よし、もう一回やり直し」

ダッ、ダッ、ダッ……、

「うわわっ」「きゃっ」——また同じふたりがころんでしまう。

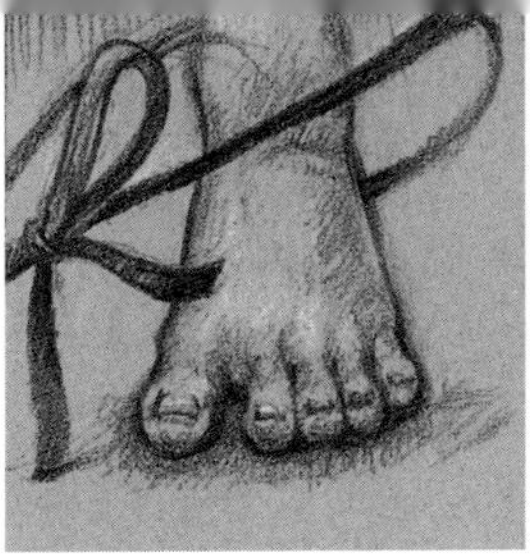

「ちゃんと足、むすんでる？　男子と女子だからって、てれてんじゃないの？」

「てれてなんかいないよ。ちゃんとむすんでるって」

「変《へん》なこといわないで。ほら見なさいよ」

ふたりが指《ゆび》さすその先には、ヒモでしっかりとむすばれた足が……あ、あれ？

ふたりのあいだにわりこんで、もう一本、生白い足が……足だけの足が、しれっとむすばれていた。赤いヒモが足首に、きゅっと食いこんでいる。

「は？」

——う、うわあああああ。

一瞬《いっしゅん》の間をおいて、全員《ぜんいん》パニックになる。

それにおどろいたようにして、生白い足はパッと消《き》えた。

むすび目はそのままで、真《ま》っ赤《か》なヒモがぱらりと落《お》ちた。

おもちはつきたてにかぎる

二学期《がっき》の終《お》わり、冬休み直前の年内最後《さいご》の行事《ぎょうじ》はもちつき大会だった。

年に一度《いちど》、もちつき大会のときにだけつかわれる大きな臼《うす》の中に、教頭先生がむしあがったもち米を放《ほう》りこむと、校長先生が手水をつけてかまえる。

担任《たんにん》のタニ先生がかけ声とともに杵《きね》をふりおろした。

「ヨイショ！」 ギャアッ！

杵《きね》をふりおろされたもちから、ぺったん、という音でなく絶叫《ぜっきょう》が聞こえた。

「ヨイショ！」 ギャアッ！ 「ヨイショ！」 ギャアッ！

やっぱり悲鳴《ひめい》が聞こえる。なんだろ、この声。

「じゃあ、トオル、今年はおまえがやってみるか」

ぼくは先生から杵《きね》をうけ取《と》って、臼《うす》の真《ま》ん中《なか》のもちにむかってふりおろした。

「ヨイショ！」

杵《きね》がもちに命中《めいちゅう》すると、もちは『ギャアッ！』とさけび、生きもののようにあばれまわって逃《に》げようとした。校長先生が逃《に》げまどうもちを素早《すばや》くひっくりかえす。

最初《さいしょ》のうちは、もちに杵《きね》が当たるたびに血《ち》のようなものが飛《と》び散《ち》るので薄気味《うすきみ》悪《わる》かったけど、何度《なんど》も何度《なんど》もたたくうちにもちはおとなしくなり、さけび声も気にならなくなった。臼《うす》の中から何も聞こえなくなったころ、それはなめらかな赤いもちになっていた。

これなら食べられそう。

「さあ、できたぞ。みんなでおもちを食べて元気な子どもになろう！」

きな粉《こ》をまぶしたつきたての赤いもちは、もうぴくりともうごかない。

けっこうおいしくて、三個《こ》もおかわりした。

ひとり一体、ひとり一霊《いちれい》、例外《れいがい》なし

登校《とうこう》中から気にはなってたんだけど、学校にきてもそうだった。

同級生《どうきゅうせい》の背中《せなか》にだれかがいる。

おとなだったり子どもだったり、お年よりだったり若《わか》い女の人だったり。

背広《せびろ》を着《き》た人をつれているのはお父さんかなと思ったけど、頭に矢《や》がつきささったサムライをつれているのは、あれはどういうことなんだろう。

同級生《どうきゅうせい》だけでなく、先生もだれかをつれている。

肩《かた》によりかかっていたり、頭の上のほうにぼんやりうかんでいたり、光っていたり、首をぐいぐいしめたりしている。首をしめられた先生は、ゴホンとせきこんだりする。

トイレの鏡《かがみ》を見たけど、ぼくの背中《せなか》にはだれもいない。

ぼく以外《いがい》はみんな、幽霊《ゆうれい》をつれているのだ。

同じクラスのマサトはゲラゲラ笑《わら》うおばあさんをつれていたので、耳もとでこっそりと教えてやった。

「おまえの背中《せなか》でばあさんの幽霊《ゆうれい》が笑《わら》ってるぞ」

「えっ。マジかよ！　鏡《かがみ》にうつらないからおれだけはいないと思ってたのに……。でも、おまえの背中《せなか》のやつもヤバいぞ！」

「えっ。ぼくの背中《せなか》には、だれもいないだろ？」

「何いってんだよ！　いるよ！」

マサトによると、耳まで口が裂《さ》けた大きな顔のやつが、ぽたぽたヨダレをたらしながらぼくの頭のてっぺんをレロンレロンとなめている、って。

……あれ？　雨もりかな？

なんか今、頭にしずくが落《お》ちてきた気がする。

墨《すみ》は書道の命《いのち》です

習字《しゅうじ》の時間、墨《すみ》のすりかたを教わった。

「いつもは墨汁《ぼくじゅう》をつかいますが、きょうからすずりで墨《すみ》をすってもらいます」

先生はクラス全員《ぜんいん》ぶんの墨《すみ》をくばった。ひと口ようかんみたいな黒いかたまりには、ひとつひとつに名前がほってあって、ほかのだれのでもない自分専用《せんよう》って感《かん》じがする。

「この墨《すみ》は一生かかってもつかい切れないかもしれないし、すぐにつかい切ってしまう人もいるかも。でも墨《すみ》は書道の命《いのち》です。大切につかってください」

すずりに水をたらして墨《すみ》を消《け》しゴムみたいにこすると、水はすぐに黒くなった。

――キシュッ。

変《へん》な音がした。すずりはつるつるなのに、何か引っかかったようだ。

墨《すみ》の先を見ると、何か糸のようなものがはりついている。

墨《すみ》の角度《かくど》を変《か》えてゴシゴシこすってみる。水に溶《と》けない糸のようなものは、どうやら髪《かみ》の毛みたいだ。引っぱってみると墨《すみ》の中から生えている。

さらに墨《すみ》をすると、今度《こんど》はツメが出てきた。髪《かみ》の毛とツメは墨《すみ》の中に最初《さいしょ》からまじっていたらしい。ひどい。こいつはとんだ不良品《ふりょうひん》だ。

もしかしたらほかにも何かまじっているかも。

ぼくは墨《すみ》をするのに力を入れすぎたふりをして、思い切って墨《すみ》を折《お》ってみた。

砕《くだ》けた墨《すみ》の中から歯《は》と木札《きふだ》が出てきた。

墨《すみ》で真《ま》っ黒《くろ》になった木札《きふだ》には、ぼくの名前と生年月日ときょうの日づけのほかに、こうほってあった。

〈好奇心《こうきしん》が強いのでいいつけをやぶって墨《すみ》を折《お》る。だから最初《さいしょ》のイケニエ〉

顔をあげると先生が目の前に立っていて、すべてを見すかしたように笑《わら》った。

あとがき

学校の怖《こわ》すぎる話◆教室が呪《のろ》われている！

あー、うぉっほん。今回も怖《こわ》かったですかな？　それほどでもない？　……さて、この本には短《みじか》い話がわんさかありますが、怖《こわ》くてねむれないとき、どうしたらいいか教えてあげましょう。そんなときは自分以外《いがい》のだれかに自分が怖《こわ》いと思った物語を話して聞かせるのです。「自分だけがそれを知っている」からこそ怖《こわ》い。自分以外《いがい》の人も知っていれば、それほど怖《こわ》くありません。話を聞いた人も怖《こわ》がるかもしれませんが、自分だけが怖《こわ》いよりマシです。

神沼三平太

家を出るときには右足から。
教室に入るときは左足から。約束《やくそく》だよ。

加藤一

学校には怖《こわ》い場所《ばしょ》がかならずあります。
そこで怖《こわ》い目にあうのも授業《じゅぎょう》のひとつです。

この本は読んだあとが怖《こわ》いって知ってる？
ひとりなら後ろに注意《ちゅうい》。

忠告《ちゅうこく》するね。夢《ゆめ》でネコに名前をよばれても、
返事《へんじ》をしちゃダメだよ。

手あらいうがいはかぜの予防《よぼう》だけじゃなく、
オバケにも効《き》くらしいですよ。

橘百花

二階堂もりか

つくね乱蔵

黒実操

監修
著者

◆**加藤 一**(かとうはじめ)1967年静岡県生まれ。自称、日本で一番逃げ足の速い怪談コレクター。既著に「学校の怖すぎる話」シリーズ、「怪異伝説ダレカラキイタ?」シリーズ(ともにあかね書房)、「「超」怖い話」シリーズ、「「弩」怖い話」シリーズ、「「極」怖い話」シリーズ、「「忌」怖い話」シリーズ、「恐怖箱」シリーズ総監修、『北野誠の実話怪談 おまえら行くな。黄泉帰り編』(北野誠著・加藤一編)(以上、竹書房)などがある。

執筆協力

◆**神沼三平太**(かみぬまさんぺいた)神奈川県出身。代表作に「学校の怖すぎる話」シリーズ、「怪異伝説ダレカラキイタ?」シリーズ(ともにあかね書房)、「恐怖箱」シリーズ(竹書房)などがある。大学の非常勤講師の顔も持つ。

◆**黒実 操**(くろみ みさお)熊本県出身。代表作に「学校の怖すぎる話」シリーズ、「怪異伝説ダレカラキイタ?」シリーズ(ともにあかね書房)、『怪集 蠱毒』(竹書房)などがある。

◆**橘 百花**(たちばな ひゃっか)栃木県出身。代表作に「学校の怖すぎる話」シリーズ、「怪異伝説ダレカラキイタ?」シリーズ(ともにあかね書房)、「恐怖箱」シリーズ、『恐怖女子会 火炎の呪』『怪・百物語』『恐怖箱 狐手袋』(いずれも竹書房)などがある。

◆**つくね 乱蔵**(つくねらんぞう)1959年福井県生まれ。代表作に「学校の怖すぎる話」シリーズ、「怪異伝説ダレカラキイタ?」シリーズ(ともにあかね書房)、「恐怖箱」シリーズ、「アドレナリンの夜」シリーズ、『怪・百物語』『怪談五色』(いずれも竹書房)などがある。本業は会社員。

◆**二階堂もりか**(にかいどう もりか)熊本県出身。インターネット上の電子書籍サイトなどで活動。代表作に「学校の怖すぎる話」シリーズ、「怪異伝説 ダレカラキイタ?」シリーズ(ともにあかね書房)がある。本業は設備系技術者。

画家

◆**市川友章**(いちかわともあき)1977年千葉県生まれ。2002年東京藝術大学絵画科油画専攻卒業。2004年同大学院油画技法材料研究室修了。個展、グループ展で油画や立体作品を発表。国内はもちろん、中国や韓国でも高く評価されている。2011年から発表している「怪人」をテーマにしたシリーズが注目を集める。「怪人スタンプ」で、「LINE Creators Stamp Award 2014」みうらじゅん賞を受賞。書籍の挿絵は、本シリーズがはじめて。

◆編集協力:金田 妙

学校の怖すぎる話◆2 教室が呪われている!

2017年3月 初版
2018年9月 第2刷

編・著 **加藤 一**
画 家 **市川友章**
装 丁 **郷坪浩子**
発行者 **岡本光晴**
発行所 **株式会社あかね書房**
〒101-0065東京都千代田区西神田3-2-1
電話03-3263-0641(営業) 03-3263-0644(編集)
http://www.akaneshobo.co.jp
印刷所 **図書印刷株式会社**
製本所 **株式会社難波製本**
NDC913 159ページ 19cm
 ISBN978-4-251-01302-6